Herzlichst

LUCINDA BRANT BÜCHER

— Die Roxtons – die frühen Jahre —
DER EDLE SATYR
SEINE HERZOGIN
IHR HERZOG
IHRE GNADEN

— Roxton-Familiensaga —
HEIRAT UM MITTERNACHT
HERZOGIN DES HERBSTES
TEUFELSKERL DAIR
DIE STOLZE MARY
DER SOHN DES SATYRS
IN LIEBE
HERZLICHST

— Salt Hendon-Serie —
DIE BRAUT VON SALT HENDON
RÜCKKEHR NACH SALT HENDON

— Alec-Halsey-Krimis —
TÖDLICHE VERLOBUNG
TÖDLICHE AFFÄRE
TÖDLICHE GEFAHR
TÖDLICHE VERWANDTSCHAFT

ÜBER DIE AUTORIN

Wenn ich nicht in meiner Sänfte durch das London des 18. Jahrhunderts schaukele oder mit parfümierten Hofleuten mit Schönheitspflästerchen in den vergoldeten Salons von Versailles den neuesten Klatsch austausche, schreibe ich preisgekrönte historische Liebesgeschichten und Krimis (die auch ihre Liebesgeschichten enthalten) aus der georgianischen Zeit. Meine Bücher spielen im georgianischen England des 18. Jahrhunderts, mit gelegentlichen Ausflügen auf den europäischen Kontinent. Ich lege die Zügel bei der französischen Revolution, wo ich ein früheres Leben wegen meines unverzeihlichen hedonistischen Lebensstil als faule Aristokratin beendet habe, nieder.

lucindabrant@gmail.com	lucindabrant.com
pinterest.com/lucindabrant	twitter.com/lucindabrant
facebook.com/lucindabrantbooks	youtube.com/lucindabrantauthor

ÜBER DIE ÜBERSETZERIN

SUSANNE DÖRING

Bücher waren immer mein größtes Vergnügen; indem ich sie übersetze, kann ich sie auch mit denen teilen, die lieber auf Deutsch lesen. Ihre Meinung ist mir wichtig, Sie erreichen mich unter:

werrakind@gmail.com

Herzlichst

DIE ROXTON'SCHE KORRESPONDENZ
BAND ZWEI

EINE ERGÄNZUNG ZUR REIHE DER ROXTON—FAMILIENSAGA

Lucinda Brant

ÜBERSETZT VON SUSANNE DÖRING

A Sprigleaf Book
Published by Sprigleaf Pty Ltd

Dies sind Briefe zu Romanen; Namen, Charaktere, Orte und Ereignisse
entstammen der Fantasie des Autors oder werden fiktiv verwendet.

Gesetzt in Adobe Garamond Pro.

Auch als E-book, Hörbuch und in anderen Sprachen.

ISBN 978-1-922985-11-8

10 9 8 7 6 5 4 3 2 1
Gebundene Hardcover-Ausgabe für Bibliotheken   (ii) I

für

Lucinda's Gorgeous Georgian Gals & Guys Facebook Group

INHALTSVERZEICHNIS

BRIEFE ZU DER SOHN DES
SATYRS

VORWORT

MIT GROSSER FREUDE können Seine Gnaden und ich heute diesen zweiten einer zweibändigen Reihe von Briefsammlungen vorlegen, in denen eine Auswahl von Briefen unserer geehrten Vorfahren und wichtiger Personen aus ihrem Leben veröffentlicht wird.

Wir waren sehr glücklich über die Aufnahme, die der erste Band bei Akademikern vor knapp zwei Jahren gefunden hat und wir hoffen, dass diese Auswahl auf das gleiche Interesse stoßen, und weitere Einblicke in das Leben während der Herrschaft Seiner Majestät König Georg III. geben wird.

Die hier ausgewählten Briefe legen den Schwerpunkt auf solche, die sich mit der Familie und Familienangelegenheiten befassen. Denn es waren Geburten, Todesfälle und Heiraten, die die weitere Familie der Roxtons während der zweiten Hälfte des achtzehnten Jahrhunderts beschäftigten. Und daher möchten mein Gatte und ich uns auf die Familie konzentrieren und den Leser auf eine Reise in das häusliche Herz des Herzogtums mitnehmen, wo der sechste Herzog und seine Herzogin die Grundlagen einer Dynastie legten. Dies beinhaltete nicht nur die Erziehung von acht Kindern bis zum Erwachsenenalter, sondern auch die Betreuung der weiteren Verwandtschaft und ihrer Ehen und Geburten, die ihre Stellung stärken würde und die im inneren Kreis der Familie, zu einer Zeit, die der Höhepunkt ihres Standes in ihrer eigenen Zeit darstellte und deren Folgen bis zum heutigen Tag, wo wir uns auf ein neues Jahrhundert vorbereiten, noch fühlbar sind.

Leser, die hoffen, Einblicke in die politischen Ansichten der verschiedenen Korrespondenten zu erhalten, Briefe zu lesen, die von Machenschaften und Manövern beider Kammern des Parlaments handeln oder Kommentare zu politischen Ereignissen und dem politischen Klima in diesem Königreich und weiter entfernten Königreichen zu finden, werden sich enttäuscht sehen. Ebenso solche, die mehr über die religiösen und philosophischen Überzeugungen von Familienmitgliedern erfahren wollen. Solche Themen mögen kurz angesprochen werden, und zweifellos kann aus beiläufigen Bemerkungen in den hier ausgewählten Briefen etwas entnommen werden, doch im Allgemeinen wurden Briefe mit politischem, religiösen oder aufrührerischen Inhalt beiseitegelassen, da sie nicht dem Ziel dienen, das wir mit dieser Sammlung von Korrespondenz erreichen wollten. Und wir entschuldigen uns nicht für diese Auswahl.

Indem wir absichtlich nur diese Briefe auswählten, die sich mit dem alltäglichen gesellschaftlichen Leben und häuslichen Details von Familienmitgliedern befassen, möchten der Herzog und ich dem Leser ein größeres Verständnis für den wahren Charakter und das Leben der Korrespondenten vermitteln. Denn nur durch den Ausdruck von Gefühlen und der Offenbarung unserer innersten Gedanken kann man eine Person wirklich kennenlernen.

Es bleibt erneut zu betonen, dass dieser zweite Band wie die Veröffentlichung insgesamt privat herausgegeben werden und nicht für die allgemeine Öffentlichkeit bestimmt sind, sondern für die Regale auserwählter Personen, die ein akademisches Interesse an der Familie Roxton haben und einen tieferen Eindruck von ihren Leben und Motivationen erhalten möchten.

Wieder möchten Seine Gnaden und ich die unermüdlichen Anstrengungen des Bibliothekars von Treat, Sir Elliott Fortescue,

Bt., und seines Gehilfen, Mr. Percival Mandrake und ebenso Professor Sir Marcus West-Hamilton und dem angesehenen französischen Linguisten, Mr. Auguste Martin, danken. Eine Besonderheit dieses Bandes ist die gelehrte Hilfe des angesehenen Diplomaten Sir Bipin Narendra Deb, der so freundlich war, den Brief Seiner Gnaden von Kinross an seine leibliche Tochter, Mrs. Charles Fitzstuart, von Hindi ins Englische zu übersetzen; Vater und Tochter sprachen diese Sprache des Subkontinents fließend. Ohne den Einsatz dieser Gentlemen hätte dieser Band mit Briefen, ebenso wie sein Vorgänger, nie das Licht des Tages erblickt.

Dieser zweite Band ist unseren Kindern gewidmet: Henry, Christopher, Deborah, Evelyn und Lisa-Antonia.

Alice-Victoria Hesham
Ihre Gnaden, die hochedle Herzogin von Roxton
Mai 1898

ANMERKUNG DER HERAUSGEBER

Die Briefe und Tagebucheinträge folgen der gleichen Chronologie wie im ersten Band beschrieben. Der Band beginnt mit Korrespondenz ab 1770 und mit einem Brief, der zwischen den Seiten der Geschichte als verloren galt und nur zufällig im Roxton-Archiv entdeckt wurde - eine der großen Entdeckungen dieser Veröffentlichung, denn man glaubt, es wäre der einzige erhaltene Brief von der Hand des zweiten Earl von Strathsay, dem Enkel König Charles II. Das zweite Kapitel enthält Briefe von Kate, Lady Paget, an den fünften Herzog, geschrieben in den Jahren zwischen 1760 und 1770, die wegen der Freundschaft dieser Lady mit jenem Herzog relevant sind, ebenso wegen ihrer besonderen Beziehung zu Lady Mary Fitzstuart Cavendish Bryces zweitem Ehemann, dem einflussreichen Fabrikanten von Wolle und Stoffen, Sir Christopher Bryce. Unter den Briefen, die im dritten Kapitel zu finden sind, befinden sich solche, die der fünfte Herzog als Vater an seinen zweiten Sohn schrieb, als er sich bewusst war, im Sterben zu liegen und doch entschlossen war, Worte der Weisheit und Liebe für diesen jungen Mann zu hinterlassen, den er, wie aus dieser Korrespondenz ersichtlich ist, unermesslich liebte. Diese Briefe veranschaulichen, was Ihre Gnaden in ihrem Vorwort eloquent erklärt und was es wert ist, hier wiederholt zu werden: Nur durch den Ausdruck von Gefühlen und die Offenbarung unserer innersten Gedanken kann eine Person wirklich erkannt werden.

Die Leser mögen bemerken, dass bestimmte Namen, Worte, Ausdrücke und Sätze in manchen Briefen nicht abgedruckt wurden und daher als [*ausgelassen*] gekennzeichnet wurden, auf Anweisung Ihrer Gnaden, wofür sie beide sich ebenso wenig wie wir entschuldigen müssen.

Alle Übersetzungen aus dem Französischen wurden sorgfältig von Mr. Auguste Martin ausgeführt, ebenso wie die Übersetzung aus Hindi von Sir Bipin Narendra Deb, GCIE. Die Herausgeber sind Mr. Percival Mandrake für seine unermüdliche Arbeit bei der Zusammenstellung und Transkription der Originale verschiedener Korrespondenz in diesem wie im ersten Band sehr dankbar (und wir beheben unser Vergessen dieses Dankes im ersten Band hier mit aufrichtiger Bitte um Verzeihung).

Sir Elliot Fortescue Bt., C.B.E.
Professor Sir Marcus West-Hamilton, G.C.M.G., O.B.E.
Juni 1898

Anmerkung
In diesem Band wurden erforderlichenfalls [5.] und [6.] vor „Herzog von Roxton" eingefügt, um Vater und Sohn zu unterscheiden, damit der Leser nicht verwirrt wird, welcher Titelinhaber angesprochen wird.

BRIEFE ZU TEUFELSKERL DAIR

Der höchst ehrenwerte Earl von Strathsay, Charles House, Barbados, an Major Lord Fitzstuart, 17. leichte Dragoner c/o Sir John Becher, Hollybrook House, Grafschaft Cork, Irland.

[Dieser Brief wurde geschrieben, während der Major mit seinem Regiment in Irland stationiert war, dann weitergeleitet und von ihm empfangen, als er während des amerikanischen Unabhängigkeitskrieges im aktiven Dienst in den amerikanischen Kolonien war. Es wurde in der Familie als Anekdote erzählt, dass der Major bei der Lektüre dieses Briefes die Seiten mit seinem Stumpen in Brand gesetzt und ins Lagerfeuer geworfen hätte. Dann wäre dies eine Kopie desselben Briefes, die Mr. Percival Mandrake bei der Katalogisierung des Roxton-Archives entdeckte. Dies ist eine regelrechte Entdeckung, denn dies ist der einzige bekannte Brief von der Hand Theophilus Fitzstuarts, des zweiten Earl von Strathsay. Eine handgeschriebene Notiz (von anderer Hand) auf dem Avers des Briefes merkt an, dass dies eine Kopie wäre, die Lord Strathsay an den sechsten Herzog zur Aufbewahrung schickte, für den Fall, dass sein Sohn, Major Lord Fitzstuart, das Original nicht erhielte.]

Charles House, Barbados
Dezember 1774

Lieber Major,

Alisdair, ich hoffe, dieser Brief findet Dich gesund und Du genießt das Leben im Dienste unseres Königs. Wie Dir andere wohl mitgeteilt haben, denn Du hast dir nie die Mühe gemacht, meine Briefe zu lesen, war und bin ich dagegen, dass Du zum Militär gingst. Ich habe Seiner Gnaden von Roxton (dem fünften Herzog, nicht dem gegenwärtigen Inhaber des Titels) meine Meinung in den stärkest möglichen Ausdrücken schriftlich übermittelt. Doch dies war, nachdem ich von dieser Tatsache erfuhr und Du bereits auf dem Weg warst, Dich Deinem Regiment in Irland anzuschließen. Und nun erfahre ich, dass dieses Regiment verlegt wird, um gegen die verräterischen Rebellen in den amerikanischen Kolonien zu kämpfen. Daher lass mich Dir alles Gute wünschen, ich bete, dass Du nicht in Gefahr gerätst und lebend und wohlbehalten von diesem Unternehmen zurückkehrst. Du kannst mich nicht dafür tadeln, dass ich der Vorsehung danke, einen zweiten Sohn zu haben und das Charles eher gesetzteren Charakters ist und daher seinen Hals nie durch eine so mutwillige und dumme Geste riskieren wird.

Während ich voller Bewunderung für Deine Bereitschaft bin, für König und Land gegen die rebellischen Kolonisten zu kämpfen, die es gewagt haben, die Waffen gegen seine allerhöchste Majestät zu erheben, wärest Du besser beraten, , Dein Erbe verwalten zu lernen, früh zu heiraten und einen Erben zu zeugen, der Dir nachfolgen kann. Du weißt, wenn Du heiratest, würde ich Dir den Besitz übergeben und ihn nicht dem gegenwärtigen Herzog von Roxton zur Verwaltung überlassen. Dieser bewundernswerte junge Mann ist ein würdiger Nachfolger seines Vaters. Ich würde sogar zu sagen wagen, würdiger, und er braucht nicht die Last, sich um meine Geschäfte in England zu kümmern, doch er wird es tun, weil seine Mutter meine Nichte ist und Du sein direkter Cousin bist. Er zumindest weiß, was er seinem Namen schuldig ist und ist bereit, die große Bürde der Verantwortung, die ein großer Name mit sich bringt, zu schultern. Ich lebe in der Hoffnung, dass Du eines Tages das Gleiche tun wirst.

Zweifellos schnaubst Du jetzt verächtlich, weil Dein Vater tausende von Meilen von seiner Verantwortung entfernt lebt. Aber vielleicht darf ich Dich daran erinnern, dass ich nicht freiwillig hierher in die Karibik kam, obwohl ich jetzt aus freien Stücken hierbleibe. Dass ich auf einer Zuckerplantage weit fort von England gelandet bin, schreibe ich jetzt der Vorsehung zu. Und wenn Du mir weitere fünf Minuten Deiner Zeit gönnen willst, um weiterzulesen, wirst Du sehen, dass Dein Vater durchaus ein Gewissen hat.

Ich bitte Dich nicht um Verzeihung, obwohl ich sie gern hätte. Und während Charles und Mary eher dazu neigen, mir mit der Zeit etwas mehr Nachsicht zu gewähren, weiß ich, dass Du das nicht tun wirst. Ich kann es Dir nicht übelnehmen. Ich habe Dich, Deine Mutter, Deinen Bruder und Deine liebe Schwester wirklich nicht gut behandelt. Und mit Entfernung und Zeit, um über meine Vergangenheit nachzudenken, bin ich willens zuzugeben, dass ich ein armseliger Vater und ein noch schlechterer Ehemann war. Der Zusammenbruch meiner Ehe war fast ausschließlich meine Schuld. Und weil meine Augen mir dafür geöffnet wurden und auch mein Herz, bitte ich Dich, Dich gut um Deine Mutter zu kümmern, sie nicht für ihre Kälte und ihren Mangel an Gefühl zu tadeln, wenn es um ihre Kinder geht. Ich habe keinen Zweifel daran, dass ihre Lieblosigkeit euch gegenüber ihren Grund in der Art eurer Zeugung hat. Sie ertrug das Ehebett nur aus dem Pflichtgefühl einer Ehefrau und wegen der Pflicht gegenüber der Dynastie, nicht, weil [*ausgelassen*]. Sie gab sich keine Mühe, mir zu gefallen oder sich erfreuen zu lassen [*ausgelassen*], konnte ihre Abscheu nicht verbergen [*ausgelassen*], fand mich abstoßend. In meiner Unwissenheit, meiner Scham und meinem Zorn habe ich [*ausgelassen*] und [*ausgelassen*], doch sie [*ausgelassen*]. Kurz gesagt, es war eine erniedrigende Erfahrung für uns beide [*ausgelassen*] und ich habe es unterlassen [*ausgelassen*], doch der Fehler bei ihr war nichts, was sie fähig gewesen wäre zu ändern. Sie wird niemals warmherzig sein. Ihr fehlt jegliche [*ausgelassen*] und sie ist ein Geschöpf, das diesen Aspekt des Lebens als abstoßend und für ihre Existenz unnötig empfindet.

Ein Mann mit mehr Erfahrung hätte ihren Charakter als das erkannt, was er ist, bevor wir heirateten. Aber als unreifer junger Mann verwechselte ich Kälte mit Schüchternheit, Frigidität mit Unwissenheit. Seine Gnaden, der fünften Herzog von Roxton, versuchte, mich zu warnen. Ich hätte auf ihn hören sollen, denn Seine Gnaden hatte große Erfahrung mit Frauen und er sah zweifellos, was ich nicht erkannte, dass Charlotte ein Temperament hatte, das sich nicht für körperliche Intimität eignete. Doch es war gerade die Tatsache, dass der alte Herzog in der Vergangenheit ein Lebemann gewesen war, bevor er meine Nichte heiratete, die mich törichterweise seinen weisen Rat für eine Abneigung gegen deine Mutter halten ließ, nur weil er selbst sie nicht körperlich attraktiv fand. Was für ein dummer Esel ich war!

Du musst dich fragen, wohin ich mit diesen Ausführungen will, und warum ich Dir solche intimen Details anvertraue und die Sünden meiner Vergangenheit offenlege. Es liegt an meiner gegenwärtigen Situation, die mich erkennen lässt, dass ich Eure Mutter nie geliebt habe und auch nicht glauben kann, dass sie mich je geliebt hätte. Wir waren beide in die Idee verliebt, verheiratet zu sein und unabhängig, und das hat uns zweifellos zueinander hingezogen. Sie wollte einem Leben entrinnen, in dem sie für immer von ihrem Bruder abhängig und eine alte Jungfer gewesen wäre. Ich wollte der bösartigen und mutwilligen Selbstsüchtigkeit meiner Mutter entkommen. Keiner von uns war auf die Intimität vorbereitet, die eine Ehe mit sich bringt.

Überrascht es Dich zu erfahren, dass Dein Vater in der Hochzeitsnacht ebenso unwissend war wie seine Braut? Und darin lag der erste meiner vielen Fehler. Ich war entschlossen, keusch zu bleiben, nur weil meine Mutter eine [*ausgelassen*] war. Wäre sie ein Mann gewesen, hätte man sie als großen Lebemann gefeiert. Doch da sie eine Frau war, wird sie immer als [*ausgelassen*] in Erinnerung bleiben. Sie war sehr schön, alle ihre Porträts bestätigen das und es ist daher kein Wunder, dass sie von jungen Jahren an von Legionen von Männern umworben wurde. Ihr fehlte es an moralischem Rückgrat, ihren [*ausgelassen*] Angeboten zu widerstehen. Und nachdem sie einmal verdorben war, wurde sie die Verderberin und war sich nicht zu gut, jeden jungen Mann zu verführen, wann immer es ihr gefiel, ohne einen Gedanken an die Menschen, die unter ihrem Dach lebten, zu verschwenden, vor allem nicht an ihren Sohn. Da ich mich von ihrem Benehmen abgestoßen fühlte, war ich entschlossen, bis zu meiner Heirat wie ein Mönch zu leben.

Wenigstens bist Du nicht so töricht wie Dein Vater, denn Du bist kein Mönch, nicht wahr? Und Du warst es seit Deinem siebzehnten Sommer nicht mehr, als Du Dich zu nahe an zu Hause ausgetobt und die Tochter eines Bediensteten geschwängert hast. Dies ist nicht der Ort, um Dich wegen Deiner jugendlichen Torheit zu belehren. Es wird Dich jedoch überraschen, dass ich darüber erfreut bin, dass du einen illegitimen Sohn gezeugt hast, denn so weiß ich wenigstens, dass ich einen Erben habe, der fruchtbar ist und ich daher erwarten kann, dass Du legitime Söhne zeugen wirst, wenn Du schließlich eine Frau heiratest, die unserem edlen Blut würdig ist. Und mit Deinen Erlebnissen in körperlicher Intimität, die Du, wie ich hoffe, bei Frauen befriedigst, die für ihre Dienste bezahlt werden und nicht bei jungfräulichen Dienstmädchen, die es dümmlich zulassen, schwanger zu werden, wirst du weitere Erfahrungen in Schlafzimmerdingen sammeln. Anders als ich wirst Du Unwissenheit nicht als Entschuldigung für dein Versagen, Deine Braut im Bett zu befriedigen, nutzen können.

Was mich zu dem bringt, was ich Dir erzählen wollte. Ich bin in jedem Sinne des Wortes ein besserer Mann geworden, seit ich hier auf Barbados lebe, einem Paradies auf Erden. Der Lauf der Zeit und die Entfernung von Daheim hat mir einen neuen Blick auf das Leben gewährt. Ich bin nicht nur älter, sondern auch viel weiser. Dies ist der Grund, warum ich dir selbstbewusst sagen kann, dass ich mich verliebt habe und dies zum ersten Mal in meinem Leben. Ich hatte nie geglaubt, dass ich die Liebe finden würde oder die Liebe mich, und das im reifen Alter von fünfundfünfzig Jahren, doch so war es. Warum schreibe ich und erzähle Dir dies? Ich habe auch Deiner Schwester und Deinem Bruder diese Nachricht mitgeteilt. Denn ich werde nicht nach England zurückkehren. Ich werde hierbleiben und hier begraben werden, wenn meine Zeit kommt, zusammen mit meiner Ehefrau zu linker Hand. Denn das ist Monica Drax für mich - meine Frau und meine Liebe. Monica ist die anerkannte Tochter eines Zuckerhändlers und seiner Mulatten-Geliebten und hat kürzlich unsere Zwillinge Barnaby und Bernadette zur Welt gebracht. Keine zwei Kinder könnten perfekter oder geliebter sein und ich bin in sie vernarrt, wie in ihre Mutter.

Du kannst es ebenso gut jetzt erfahren, denn du wirst es auf die ein oder andere Weise ohnehin entdecken, und daher besser von mir hören; Monica ist jünger als Dein Bruder Charles. Doch mit zweiundzwanzig ist sie alt genug, um ihre eigenen Wünsche und ihr eigenes Herz zu kennen. Wir leben offen als Mann und Frau zusammen, und mit dem Segen ihrer Familie. Sie ist die Herrin meines Hauses und wird von allen so behandelt, als wäre sie tatsächlich meine Frau. Ich wünschte, ich könnte ihr den Titel geben und obwohl mir das nicht möglich ist, zollen meine Bediensteten und meine Freunde ihr allen Respekt, als ob sie meine Ehefrau wäre und bezeichnen sie als „Mylady", was nur recht ist und mich glücklich macht.

Ich möchte damit Dir oder Deiner Mutter gegenüber nicht respektlos sein. Doch ich bin hier und Du dort und wir werden uns nie wiedersehen. Also mach Dir keine Sorgen. Monica und ich werden niemals englischen Boden betreten, und unsere Kinder werden es auch nicht tun, wenn ich etwas dabei zu sagen habe, und daher sehe ich keinen Schaden darin, so zu leben, wie ich es mir wünsche, wenn ich Wünsche wahr machen könnte. Wenn Dich das kränkt, ist es eben so.

Ich beabsichtige, Monica und unseren Nachkommen, von denen ich hoffe, dass es viele sein werden, die Plantage hier in Barbados, die zum Besitz gehörenden Sklaven und die Hälfte des Geldes, das durch die Zuckerproduktion verdient wird, zu hinterlassen. Die andere Hälfte dieses Einkommens sollst Du Dir mit Deinem Bruder und Deiner Schwester teilen.

Dies erinnert mich daran, dir zu sagen, dass ich an meine Anwälte in London geschrieben habe, um sie anzuweisen, dass alle Verantwortung und Rechte an meinem englischen Besitz und dem daraus erzielten Einkommen, das derzeit treuhänderisch von Seiner Gnaden von Roxton verwaltet wird, bei Deiner Heirat auf Dich übertragen werden soll. Wenn ich Dir schon jetzt die Krone des Earls und den Hermelin übergeben könnte, würde ich das gerne tun. Also Du siehst, je früher Du heiratest, desto früher wirst Du so viel von Deinem Erbe erhalten, wie es mir möglich ist, Dir zu überlassen.

Nun sind in diesem Brief genug Neuigkeiten, dass es Briefe von mir über mehrere Jahre ersetzt. Ich werde Dir nicht wieder direkt schreiben, denn ich weiß, dass Du mir nicht antworten wirst, daher werde ich Nachrichten über dich in anderen Quellen suchen. Ich werde Dir nicht meine Liebe oder meine besten Wünsche schicken, da ich weiß, dass Du sie nicht möchtest. Ich werde jedoch für Dich beten und immer an Dich denken. Und ich werde als Dein Vater unterschreiben, denn nichts kann die Verwandtschaft auflösen, ganz gleich, wie sehr Du mich verabscheust und hasst und Dir wünschst, Deinen eigenen Vater verleugnen zu können. Pass auf dich auf, mein Sohn.

Dein Vater,
Theophilus Strathsay

Antonia, die hochedle Herzogin von Kinross, Crecy Hall, Treat bei Alston, Hampshire, an die höchst ehrenwerte Charlotte, Gräfin von Strathsay, Fitzstuart Hall bei Denham, Buckinghamshire.

Crecy Hall, Hampshire
Juli 1777

Liebe Tante,

Charlotte, ich hoffe, dieser Brief findet dich an Geist und Körper gesünder vor, als Du es zu Ostern warst. Und wenn Du noch immer Nachwirkungen dessen verspürst, woran Du damals gelitten hast, versichere ich Dir, dass dieser Brief von mir Dich jetzt, wenn auch nicht von allen Leiden kurieren wird, so doch Dir wenigstens bis zur Hochzeit ein wenig Erholung bieten wird.

Hochzeit? Wessen Hochzeit, fragst du. Ich werde es Dir gleich erzählen, doch zuerst muss ich Dir den Rest erzählen und wie es dazu kam, dass es eine Hochzeit geben wird. Frage mich nicht nach jeder Einzelheit, denn ich kann sie Dir nicht erzählen, und selbst wenn ich alles wüsste, wäre es mir im Vertrauen gesagt worden, also wirst Du mir vertrauen müssen, dass nur wichtig ist, dass Dein Sohn Alisdair heiraten wird.

Ja, es ist wahr, Charlotte. Dein ältester Sohn Alisdair wird heiraten, und zwar bald. Und daher wird es eine Hochzeit geben, hier in Treat.

Alisdair hat seine Partnerin gefunden und ihre Seelen sind einander ebenso zugeneigt wie ihre Herzen. Sie sind ein verliebtes Paar. Er liebt sie wirklich und sie ihn und das schreibe ich als Tatsache. Du musst Dich für ihn und für sie beide freuen. Und selbst, wenn Du nicht wie ich an das Schicksal und wahre Liebe und glückliches Leben bis an ihr Ende glaubst, Du musst und wirst Dich für Deinen Sohn freuen.

Abgesehen von der Liebe (obwohl das für mich bei jeder Ehe das Wichtigste ist), sollte die Wahl der Braut Deines Sohnes Dich erfreuen und Dich vielleicht sogar glücklich machen, denn sie ist vom gesellschaftlichen Standpunkt her eine sehr passende Wahl.

Aurora Talbot ist Edward, Lord Shrewsburys Enkelin, und Monseigneur und ich waren ihre Paten. Sie ist die Tochter von Edwards ältestem Sohn, der ebenso wie ihrer Mutter starb, als sie ein Säugling war. Rory (wie sie lieber genannt wird) und ihr Bruder Harvel, Lord Grasby, waren Waisen und wurden von Edward erzogen. Harvel ist Edwards Erbe und zufällig einer von Alisdairs besten Freunden. Sie waren gemeinsam in Harrow. Wie Du also siehst, stammt Rory aus einer sehr passenden Familie und einer, die selbst Du für des Erben eines Earls für würdig halten musst.

Wenn Du Dir jetzt den Kopf zerbrichst, ob Rory Dir vorgestellt wurde oder auf Gesellschaften anwesend war, die Du besucht hast, lautet die Antwort ja. Du kennst sie, doch hast sie vielleicht, wie die meisten Leute, wenig bemerkt, weil sie sich selten, wenn überhaupt, in den Vordergrund schiebt. Sie war mehrere Male in Treat zu Gast, in der Begleitung ihres Großvaters, obwohl sie dazu neigt, nicht viel in Gesellschaft zu gehen und es bevorzugt, ihre Zeit zu Hause mit der Pflege ihrer Ananasfrüchte zu verbringen. Du siehst also, dass sie eine sehr einzigartige und faszinierende junge Frau ist. Ich müsste nichts dazu sagen, aber ich tue es trotzdem. Rory ist schön, sonst hätte Alisdair sie wohl kaum zweimal angesehen, nicht wahr? Sie ist von einer zarten, exquisiten Schönheit, einer feinen Porzellanfigur nicht unähnlich. Doch täusche Dich nicht, Charlotte, meine Patentochter weiß, was sie will, hat einen scharfen Verstand und ist das süßeste, liebevollste Mädchen, das man sich vorstellen kann. Sie liebt Deinen Sohn vorbehaltlos und ist seine größte Bewunderin. Daher ist es kein Wunder, dass Alisdair sich in sie verliebte. Sie zusammen zu sehen ist, als ob ich die wahre Liebe vor meinen Augen erblühen sähe.

Mein Sohn hat dieser Verbindung seinen Segen gegeben, was Dich ebenfalls erfreuen sollte. Und Alisdair liegt allein an Roxtons und meinem Segen. Er hat nicht die Absicht, die Zustimmung oder Erlaubnis seines Vaters einzuholen (er benötigt keines von beidem), wird ihm aber aus Höflichkeit schreiben, um ihn von der Hochzeit in Kenntnis zu setzen.

Du darfst Dich nicht vernachlässigt fühlen, weil er Dir nicht selbst schrieb, sondern mich bat, es zu tun. Briefe an seinen Vater und an seinen Bruder waren so viel, wie er an einem Nachmittag bewältigen konnte, daher bat er mich, Dir zu schreiben, damit Du die Nachricht baldmöglichst erhalten würdest. Er bittet Dich, zur Hochzeit nach Treat zu kommen, die in den nächsten paar Wochen stattfinden wird. Ich glaube, auch mein Sohn beabsichtigt, Dir zu schreiben. Und er hat auch an Mary geschrieben. Es steht zu hoffen, dass sie Teddy mitbringen wird, dies wäre eine passende Gelegenheit, um Deine Enkelin mit ihren Roxton'schen Verwandten bekanntzumachen.

Oh, und damit Du Zeit hast, dich zwischen jetzt und dann von deinem Schock zu erholen, ich bin übrigens *enceinte*. Du musst mir nicht sagen, dass das für eine Frau meines Alters, die einen Sohn hat, der sich seinem dritten Jahrzehnt nähert, ziemlich schockierend ist. Ich stimme Dir zu. Doch Jonathon wird einen Erben bekommen, und das ist alles, was für mich eine Rolle spielt. Und es ist schon passiert. Also kannst Du nichts tun, außer es zu akzeptieren und Dich für uns zu freuen.

Deine Dich liebende Nichte,
Antonia Kinross

Radcliffe Plume, Esq., Charles House, Barbados, an Major Lord Fitzstuart, Fitzstuart Hall, Buckinghamshire und c/o Seine Gnaden, dem hochedlen Herzog von Roxton, Treat bei Alston, Hampshire, England.

[Auf einem dem Pergament beigefügten Papier steht: Am Vorabend der Hochzeit von Major Lord Fitzstuart erhalten und bis zu seiner Rückkehr von den Flitterwochen nach einem Monat beiseitegelegt. Geöffnet in Gegenwart Seiner Gnaden von Roxton und Ihrer Gnaden von Kinross, Ende August 1777.]

Charles House, Barbados
Juni 1777

Mein lieber Major, Euer Lordschaft,

Es ist meine traurige Pflicht, Euch über den Tod Eures Vaters, Theophilus James Fitzstuart, Earl von Strathsay, zu informieren, der etwa siebzehn Jahre lang auf Barbados lebte.

Ihr kennt mich nicht, aber ich kannte Euren Vater gut. Wir waren die Mehrheitseigner einer Zuckergenossenschaft, die Zucker nach England liefert. Ich hatte wöchentlich, manchmal sogar täglich mit Seiner Lordschaft zu tun und seine und meine

Familie standen einander nahe genug, dass wir uns gegenseitig zum Diner einluden. Ich bin Witwer und mein Sohn ist mit seiner Familie nach England zurückgekehrt. Ich habe großes Mitgefühl für Euren Verlust, denn Euer Vater sprach von Eurer Lordschaft und Eurem Bruder, Mr. Charles Fitzstuart und von Eurer Schwester, Lady Mary Cavendish, oft und mit tiefem Gefühl.

Seine Lordschaft und seine Familie kamen ums Leben, als ein für die Jahreszeit ungewöhnlicher Hurrikan von unvorstellbarer Stärke und zerstörerischer Kraft überraschend die Insel heimsuchte. Tausende sind gestorben und es ist kein bewohnbares Haus geblieben. Nur ein Flügel des Hauses Eures Vaters, das von beträchtlicher Größe war, steht noch und bietet den einzigen Schutz für die Überlebenden und die, die kommen, um ihnen Beistand und Trost zu bieten. Alle Schiffe im Hafen und ihre Mannschaften sind verloren. Der größte Teil des Lebens auf der Insel, ob Pflanzen oder Tiere, existiert nicht mehr. Ich kann Euch nicht angemessen beschreiben, was ich mit meinen eigenen Augen sehe - es übersteigt menschliches Verständnis und scheint das zu sein, was, wie ich annehme, der Hölle ähneln muss für die Seelen, die für ihre Sünden dorthin verbannt werden.

Ich sollte Euch ebenfalls mitteilen, dass zwar die Leiche Eures Vaters gefunden wurde, jedoch die seiner Ehefrau zur linken Hand, Monica Drax und ihrer beiden Kinder, Barnaby und Bernadette Fitzstuart-Drax, noch gesucht werden. Wir haben allerdings keine Hoffnung mehr, dass einer von ihnen noch am Leben sein könnte, da es bereits einige Wochen her ist, dass der Hurrikan zuschlug. Wir nehmen an, dass sie, wie so viele hunderte, nein tausende andere, auf die See hinaus geschwemmt wurden und ertranken, als der Sturm die Insel verschlang.

Lasst mich Euer Lordschaft sagen, wie Euer Vater starb, denn ich bin sicher, dass Ihr das natürlich gern wissen wollt. Lord Strathsay wurde unter den Trümmern dessen entdeckt, was einmal sein Arbeitszimmers gewesen war. Es scheint, er hatte es vermocht, Schutz unter seinem Schreibtisch zu suchen, doch selbst dieses robuste Möbelstück wurde von dem heftigen Wind hochgehoben und weggeworfen und Euer Vater mit ihm. Der Wind brach ihm das Genick und sein Körper wurde auf den zersplitterten Überresten eines Bücherregals aufgespießt. Der Arzt versicherte mir, dass sein Tod durch den Genickbruch fast sofort eingetreten sein muss und er daher sich keines Leidens oder Schmerzes seines Körpers danach mehr bewusst gewesen sein kann.

Als Beweis für den Tod Eures Vaters lege ich den Ring bei, den er immer trug und von dem er uns stolz erzählte, dass er seinem Vater von dessen Vater, Seiner Majestät, König Charles II., dem Großvater Eurer Lordschaft, überreicht worden wäre. Er wurde der Leiche in Anwesenheit des Schiffschirurgen, Oberstleutnant Dr. Ian McBride von der H.M.S. Endurance, abgenommen.

Ihr werdet verstehen, dass in diesem heißen Klima, auch zur Verhinderung der Ausbreitung von Miasma und Krankheiten, alle aufgefundenen Leichen so schnell wie möglich begraben wurden. Und während viele in eine gemeinsame Grube gelegt wurden, habe ich dafür gesorgt, dass Euer Vater hier bei seinem Haus beerdigt wurde. Ein Stein wird zu gegebener Zeit auf das Grab gesetzt werden, wenn die Insel wieder zu einer Art von Normalität zurückgekehrt ist. Wann das jedoch sein wird, kann man nur vermuten, denn es wird Jahre, wenn nicht Jahrzehnte dauern, bevor wir den gleichen Wohlstand sehen werden, den wir über die letzten zwanzig Jahren oder länger genossen haben. Ich beabsichtige, hier in Charles House zu bleiben, das zum Herz der Verwaltung aller Bemühungen geworden ist, die Insel wieder aufzubauen, und erwarte, von Eurer Lordschaft zu gegebener Zeit zu hören, was mit dem Besitz Eures Vaters geschehen soll, da etwa ein Dutzend Sklaven es geschafft haben zu überleben, die mit den Arbeiten beim Säubern und Aufbauen dessen, was wir können, beschäftigt werden.

Ich wurde zum Vollstrecker des Letzten Willens und Testaments Eures Vaters bestimmt, von dem er, wie ich glaube, eine Kopie an seine Anwälte in London geschickt hat, eine weitere Kopie an Seine Gnaden, den Herzog von Roxton, neben der Kopie, die ich in Besitz habe. Es ist daher möglich, dass Ihr über dessen Inhalt bereits von seinem Anwalt oder Seiner Gnaden oder von beiden informiert wurdet. Jedoch es fällt mir zu, Euer Lordschaft mitzuteilen, dass Euer Vater zwar seinen hiesigen Besitz seiner Ehefrau zur linken Hand und ihren gemeinsamen Kindern vermacht hatte, er jedoch im Laufe der Zeit an Euch fallen wird, wenn sie nicht gefunden werden können. Es gibt weitere Einzelheiten, auf die ich hier nicht eingehen möchte und die Euch aus seinem Testament bereits bekannt sein dürften.

Ich möchte Euer Lordschaft dringend ersuchen, einen Vertreter des Rechtsstandes zu senden, zusammen mit einem Mitglied Eurer Familie, das Euren Vater gut kannte, sodass, falls Ihr eine Exhumierung durchführen wollt, um Euch zu überzeugen, dass es tatsächlich Euer Vater war, den wir begraben haben, dies so unverzüglich wie möglich erledigt werden kann. Mir ist klar, dass für Euch viel auf dem Spiel steht, das Erbe seiner Titel und seines Vermögens sind von größter Bedeutung und alle Zweifel daran auszuräumen und darüber beruhigt zu sein, ist von größter Wichtigkeit. Ich versichere Euch, dass Eure Vertreter mit größter Freundlichkeit und Respekt behandelt werden und alle Einzelheiten in zufriedenstellender Weise besprochen und geregelt werden können.

Seid versichert, dass es nichts gab, was Euer Vater hätte tun können und er unterlassen hätte, um zu versuchen, sein Leben, das Leben seiner Familie, seiner Bediensteten und seiner Sklaven zu retten. Dies wurde mir von einem seiner ergebensten Männer, dem alten Clive, erzählt, einem Sklaven, der bei ihm war, seit er die Insel zuerst betrat und der sein Vertrauen und seinen Respekt erworben hatte.

Darf ich Euch und Eurer Familie mein aufrichtiges Beileid für den erlittenen Verlust aussprechen. Euer Vater war ein großartiger Gentleman, es war mir eine Ehre, ihn meinen Freund nennen zu dürfen.

Ich erwarte die Anweisungen Euer Lordschaft und verbleibe ...

Euer gehorsamster Diener,
Radcliffe Plume

Jonathon, der hochedle Herzog von Kinross, Leven Castle bei Kinross, Fife, Schottland, an die ehrenwerte Mrs. Charles Fitzstuart, 21 Rue du Peintre Lebrun, Versailles, Frankreich.

[*Übersetzung aus Hindi.*]

Leven Castle, Fife
August 1777

Mein liebstes Mäuschen, ich denke jeden Tag an Dich. Ich frage mich, wie Du Deine Tage füllst. Ob Du in Deinem neuen Heimatland Freunde gefunden hast. Widmet Charles Dir genug Zeit? Bist Du einsam? Erweist sich Mrs. S als Hilfe oder eher als Belastung für ein gerade verheiratetes junges Mädchen? Wie kommst Du mit Deinem Sprachunterricht voran? Dein *Baboo*-Papa hat so viele Fragen. Er vermisst deine Gesellschaft und deine Schelte. Er hat zu viel Zeit und daher ist sein Kopf voller Sorgen. Du musst denken, dass er langsam senil wird. Denn wo waren seine Sorgen, als wir noch auf dem Subkontinent lebten und Dein *Baboo*-Papa wochenlang in den Norden reiste und Dich in der Obhut Deiner Ayah zurückließ? Und einmal, oder war es zweimal?, als die Überschwemmungen es mir zwei Monate lang unmöglich machten, nach Hause zurückzukehren. Erinnerst Du

Dich? Ich war nicht so sehr besorgt, weil Du bei Menschen warst, denen ich Dein Leben und das meine anvertrauen konnte. Und ich konnte diese Trennung ertragen, weil ich wusste, dass wir wieder vereint sein würden. Diese Trennung ist anderes und sie fühlt sich riesig und einsam und ewig an.

Vergib deinem *Baboo*-Papa seinen Egoismus. Du bist weise genug zu erkennen, dass meine Einsamkeit größer ist, weil ich ein Leben führe, das ich nicht genieße oder mir wünsche, doch das ich mich zu führen verpflichtet fühle. Und ich bin nicht nur von meinem einzigen Kind getrennt, sondern auch von der Liebe meines Lebens, und das direkt zum Beginn unseres Ehelebens. An einem Tag standen wir vor dem Pfarrer und am nächsten war ich auf dem Weg zu diesem eisigen und entschieden zugigen Ort, der, wie ich ziemlich sicher bin, erst noch von einem Kartographen entdeckt werden muss.

Er ist, was die Temperaturen anbelangt, das Gegenteil des Subkontinents, als ob man aus einem kochenden Bottich in eine eisige Unterwelt getaucht wird, und das mitten im Sommer! Obwohl ich zugeben muss, dass die Landschaft atemberaubend ist in ihrer Kargheit und ihren gedämpften Farben. Die Armut der Menschen ist erstaunlich, doch ihre Widerstandsfähigkeit und ihr Stolz sind bemerkenswert. Allein deshalb will ich mein Bestes für sie geben und bleiben, um etwas Würdiges für sie und ihre Kinder zu schaffen. Und ich beabsichtige, zur gegebenen Zeit meine neue Herzogin hierherzubringen, wenn das Haus für sie bewohnbar geworden ist. Du weißt, dass Dein *Baboo*-Papa imstande ist, auf einer gewebten Matte auf dem Boden zu schlafen, solange er in den Nachthimmel schauen kann. Doch meine liebste Frau soll Räume haben, die ihres Ranges würdig sind. Und ich weigere mich, von ihrem ersten Herzog übertroffen und überstrahlt zu werden! Darin liegt eine Konkurrenz, und ich habe mich immer von Rivalitäten herausgefordert gefühlt, nicht wahr?

Sarah-Jane, lass Deinen *Baboo*-Papa für einen Moment ernst sein und seiner Hoffnung Ausdruck verleihen, dass Du Dich mit der Zeit mit meiner Ehe und deiner Stiefmutter, der neuen Herzogin von Kinross, abfinden wirst. Sicher siehst Du jetzt ein, oder zumindest hat Charles, der ihr direkter Cousin ist, Dir versichert, dass Antonia eine Frau mit tiefen Gefühlen ist und sie mich daher aus ganzem Herzen liebt. Ich liebe sie vorbehaltlos und aus ganzem Herzen. Das sollte Dir genügen, sie zu akzeptieren und deine Sorgen beruhigen. Denn was ist Alter anderes als eine Zahl?

Du drücktest Deine Bedenken aus, dass ich einen rechtmäßigen Erben bräuchte und meine Frau mir diesen nicht würde schenken können, und das wäre ein ausreichender Grund, sie nicht zu heiraten. Du magst insofern recht haben, dass ich mir, nachdem ich jetzt Herzog bin, einen Erben wünschten müsste. Doch eigentlich brauche ich ihn nicht. Ich glaube auch nicht, dass meine Frau nicht in der Lage wäre, mir ein Kind zu schenken. Wir werden mindestens eines haben. So wird es sein. Eine Liebe wie die unsere verlangt danach. Doch sollte es nicht dazu kommen, dann sollte es eben so sein. Ich bin immer philosophisch. Dein *Baboo*-Papa wird diese Dinge in Shivas Hände legen und zu dessen Frau Parvati beten, denn ist sie nicht die Göttin der Fruchtbarkeit, Liebe und Hingabe?

Du weißt, stünde es in meiner Macht, Dich zu meiner rechtmäßigen Erbin zu machen, hätte ich das schon tausendmal getan. Du wärest eine wundervolle Herzogin von Kinross geworden. Doch ich denke auch, dass Dein Ehemann es schwierig mit seinen revolutionären Prinzipien zu vereinbaren und seinen Kopf unter seinen Brüdern in den Kolonien hochzuhalten gefunden hätte, hätte er die Erbin eines schottischen Herzogtums geheiratet. Seine Gefährten hätten über seine Auffassung von Idealen gespottet, doch dass sein Schwiegervater ein Herzog ist, kann man ja kaum als seinen Fehler betrachten, nicht wahr?

Wir sind beide dazu bestimmt, auf ewig mit den Folgen meines Durchbrennens mit Deiner Mutter, einer verheirateten Frau, zu leben. Doch ich bereue es nicht. Das kann ich nicht. Sie hätte sich niemals von ihrem Ehemann, einem Trottel, der sie misshandelte, scheiden lassen können und ich musste sie so schnell wie möglich vor ihm retten. Zu diesem Zweck und weil wir uns verliebten, waren wir bereit, den Rest unseres Lebens in Sünde zu leben. Auf den Subkontinent zu fliehen und zu einem Leben dort, wo ich wusste, dass ich uns ein Leben würde aufbauen können und die Menschen uns mit offenen Armen empfangen würden, war unser einziger Ausweg. Und keiner, den einer von uns bereut hätte. Wir betrachteten es mit Optimismus als großes Abenteuer. Solange wir zusammen sein konnten, spielte nichts anderes eine Rolle. Es kam keinem von uns in den Sinn, dass Deine Mutter schwanger werden könnte, noch dazu so bald. Ihre Ehe war kinderlos geblieben. Und störte es uns, dass unser Kind außerhalb des Bandes der Ehe geboren werden würde? Dachten wir an die langfristigen Folgen für ein solches Kind? Natürlich nicht! Wir waren verliebt und wir hießen Dich in unserem Leben willkommen und liebten Dich mit unserem ganzen Sein. Als Deine Mutter mir die Nachricht von ihrer Schwangerschaft eröffnete, war ich so glücklich, wir waren so glücklich, zu wissen, dass wir ein gemeinsames Kind haben würden. Alles, was Deine Mutter sich je gewünscht hatte, war, eine gute Ehefrau und Mutter zu sein und bei mir war sie beides. Sie liebte dich so sehr. Daher siehst du, meine Allerliebste, dass du so geliebt und erwünscht und gefeiert warst, dass der Nachteil Deiner Geburt ein sehr winziges Detail war und ist.

Ich werde anderweitig gebraucht und da meine Zeit jetzt nicht mehr mir gehört und ich versuchen muss, so viel wie möglich zu bewirken, bevor ich wieder in den Süden zurückkehren kann, werde ich jetzt schließen und Dir sehr bald wieder schreiben.

Dein Papa liebt Dich und vermisst Dich und schickt Dir tausend Küsse.

Grüße Charles von mir. Ich werde in den nächsten ein oder zwei Tagen auf seinen Brief antworten und alle seine Fragen beantworten.

K

Du siehst, wie eingebildet ich geworden bin. Nachdem Dein *Baboo*-Papa jetzt Herzog geworden ist, unterschreibt er mit einem Schnörkel und nur der Initiale. xo

Major Lord Fitzstuart, HMS Reliant, Barbados, an Lady Fitzstuart,
Fitzstuart Hall, Buckinghamshire, England.

HMS Reliant
September 1777

Meine innigst geliebte Frau,

Frau! Das beste Wort der Welt. Denn Du bist das Beste, was mir
je widerfahren ist, mein geliebter Augenstern. Verzeih mir, wenn
dieser Brief vor Gefühlen trieft, aber wenn ich mir die Zeit
nehme, still zu sitzen und nachzudenken oder wenn ich in meiner
Koje liege und von den Wellen in den Schlaf gewiegt werde,
gehören all meine Gedanken dir. Ich denke an unsere Zeit auf
Swan Island und wünschte, ich wäre wieder bei dir. Ich denke an
die Zukunft, die wir haben werden, wenn ich erst wieder da bin.
Ich wage sogar, mir unsere Kinder vorzustellen, und wie sie
aussehen werden. Ha! Ich habe zu viel Zeit, nicht wahr?

Ich hatte diesen Brief begonnen und dann beiseite gelegt. Vielleicht werde ich dies mehrmals tun, bevor er beendet ist. Ich
weiß, Du wirst mir verzeihen, wenn er nicht das Meisterwerk ist,
das er sein sollte. In Wahrheit ist es vielleicht das längste Stück,
das ich jemals geschrieben habe, und dazu gehören auch alle
Berichte über meine Tätigkeit, die ich deinem Großvater im

Laufe der Jahre geschickt habe. Ich habe es immer vorgezogen, persönlich mit unserem Herrn der Spione zu sprechen.

Augenstern, du sollst wissen, dass dein liebster Ehemann (der zweitbeste in der Welt) sich seiner gewöhnlich robusten Gesundheit erfreut. Ebenso wie sein Bursche. Mr. Farrier lässt grüßen und bat mich, Mylady zu versichern, dass er seine Lordschaft so gut er kann aus Schwierigkeiten heraushält. Aber in welche Schwierigkeiten könnte ich geraten, solange ich auf einem Schiff draußen auf dem Atlantik eingesperrt bin? Das magst du wohl fragen! Aber ich bin froh, dass Farrier bei mir ist und ich weiß, du bist es auch.

Ich bin nicht faul. Ich verbringe meine Tage damit, ‚an den Seilen‘ zu arbeiten und zu lernen ein Seemann zu werden! Ich kann jetzt ‚an den Seilen arbeiten‘ und alle möglichen Knoten machen. Die Männer standen meiner Neugier und meiner Bereitschaft, an ihrer Seite zu arbeiten, zuerst misstrauisch gegenüber. Denn welcher Gentleman, noch dazu ein Adliger, würde sich Schulter an Schulter mit einem einfachen Seemann stellen? Die Offiziere versuchten, mich vom Fraternisieren abzuhalten, doch da der Kapitän nichts Schädliches darin sehen konnte, unternimmt er nichts dagegen. Und seine Männer sind zufrieden, mich dabei zu haben, denn meine Fragen erheitern sie. Kapitän Willis weiß auch, dass ich mich lieber über Bord werfen würde, als mich in eine Kabine einzusperren, Schach zu spielen, zu lesen oder Briefe nach Hause zu schreiben (außer an dich, Augenstern), wie feine Passagiere es an Bord tun sollen. Sie meiden auch die Seeluft und die brennende Hitze. Ich will davon nichts wissen und soweit es mich angeht, ist es besser, draußen an Deck zu sein und die salzige Luft zu riechen und braun zu werden, als in einer beengten Unterkunft festzusitzen, auf und ab zu tigern und den Rauch meines Stumpen einzuatmen!

Was mich daran erinnert, dich zu warnen, dass du bei unserer nächsten Begegnung meine Hände voller Schwielen und meine Arme in einem schönen Nussbraunton vorfinden wirst. Doch du wirst dich freuen, dass ich einen Piratenbart pflege, nur für dich. Er entwickelt sich prächtig, trotz Mr. Farriers Missbilligung und seinem Widerstand dagegen. Er schärft täglich meine Rasiermesser in der Erwartung, dass ich zur Besinnung kommen möge, bevor wir Land sehen und bevor wir zu Dir zurückkehren. Pirat Dair wird dich nicht enttäuschen!

Ich hatte gerade das spannendste, ja atemberaubendste Abenteuer! Und da ich überlebte, um Dir die Geschichte zu erzählen, musst Du Dir keine unnötigen Sorgen machen, Augenstern. Obwohl ich weiß, du würdest mir ein wenig Vergnügen zur Ablenkung von der Langeweile auf See nicht missgönnen. Also lass Dir erzählen.

Es war so aufregend wie die herzklopfende Erwartung eines Angriffs gegen die feindliche Front in vollem Galopp. So viel kann ich sagen, ohne zu lügen. Und es war ebenso befriedigend, denn ich brauchte mehrere Anläufe und musste all meinen Mut zusammennehmen. Doch ich schaffte es schließlich, den ganzen Weg bis zur Rah des Marssegels hinaufzuklettern. Was das ist, fragst du? Die Rah ist der Querbalken eines Mastes, an dem die Segel befestigt werden, und das Marssegel ist das zweite Segel, nicht das erste, hoch über dem Deck, also war dein lieber Mann besonders mutig, noch einen höher zu klettern, als er herausgefordert worden war.

Und als ich erst eine solch schwindelerregende Höhe erklommen hatte, wagte ich es, mich in der Takellage hochzuziehen, um auf halbem Wege darüber zu sitzen und die Aussicht zu bewundern, die nur Seeleuten und Möwen vorbehalten ist! Der Ozean erstreckt sich endlos bis zum Horizont, der Blick wird nur manchmal von einem gelegentlichen Brecher abgelenkt. Doch ich schaffte es, einen Blick auf eine Meerjungfrau zu erhaschen! Das dachte ich jedenfalls, als ihr Schwanz aus dem Wasser in die Luft schoss. Doch ich glaube, was ich wirklich erblickte, war ein völlig anderes Meerestier. Höchstwahrscheinlich ein Wal. Und als ich zufällig unter mich blickte, entdeckte ich eine Menge nach oben gerichteter, grinsender Gesichter. Jeder Seemann, der nicht auf seinem Posten sein musste, hatte sich versammelt, um meine Versuche zu beobachten, zweifellos in der Erwartung, mich versagen oder in den Tod stürzen zu sehen! Und ich schaffte es, mich auf meine bloßen Füße zu stellen, mich hoch aufzurichten und mit den Seilen zu schwingen und eine schwungvolle Verbeugung vor meinem Publikum zu machen, so gut ich es von diesem gefährlichen Standort aus vermochte. Zur Antwort erhob sich mitreißender Jubel, woraufhin ich lachte und eine zweite Verbeugung machte. Du hättest meine Vorstellung genossen, Augenstern. Das war nicht das Ende meiner Eskapade, denn als ich wieder sicher an Deck war, vergaßen sich einige der Männer so weit, dass sie mich als einen der ihren ansahen, und sie eilten vor und hoben mich unter weiteren Jubelschreien auf ihre Schultern. Unser Vergnügen wäre wohl weitergegangen, wenn nicht ihr Segelmeister gekommen wäre, um dem Spaß ein Ende zu bereiten und die Männer zurück an ihre Arbeit zu schicken.

Doch bitte, mein Liebling, fürchte nicht, dass ich in Gefahr gewesen oder mit meinem Leben gespielt hätte. Mein Leben ist jetzt mit dem Deinen verbunden, daher würde ich nie etwas unternehmen, wobei ich mein Leben aufs Spiel setzen müsste. Ehrenwort. Ich liebe Dich zu sehr, um jemals wieder Leib und Leben zu riskieren. Du bist es, für die ich jetzt lebe, und Du und meine Rückkehr zu Dir sind alles, woran ich denke.

Ich muss zugeben, dass ich herausgefordert wurde, dies zu tun. Das erwähnte ich bereits. Aber du sollst wissen, dass ich dieses

Abenteuer nie unternommen hätte, wenn ich nicht von seinem Ausgang überzeugt gewesen wäre. Ich wartete einen Tag ab, an dem die See ruhig lag, so dass das Schiff nicht rollte, was den Aufstieg viel einfacher machte. Und du weißt, dass ich ein Experte darin bin, auf Bäume zu klettern, und meine überlegene Stärke kam mir zugute, denn ich konnte mit überraschender Leichtigkeit am Mast hinaufrutschen und mich an den Seilen entlang hangeln. Ich bin vielleicht doppelt so breit wie diese Seeleute, die wie die Affen über das ganze Schiff huschen, doch ich bin ebenso beweglich und habe mehr Kraft in den Händen als sie. Trotzdem bin ich voller Bewunderung für ihre Fähigkeit, die Masten hinauf- und hinabzulaufen und über die Rahen, um die Takellage und die Segel zu richten und als Ausguck zu arbeiten, denn es ist eine gefährliche Arbeit und nichts für schwache Nerven.

Wir haben Land erreicht. Es ist fünf Tage her, dass ich meine Feder zuletzt zur Hand nahm und ich bin froh, dass ich Dir von glücklicheren, unbeschwerteren Zeiten an Bord schrieb, denn das kann ich jetzt nicht mehr tun. Wir sind in einem Hafen vor Anker gegangen, den man nur als Hölle auf Erden beschreiben kann. Mir wurde von Leuten, die schon früher hier waren, versichert, dass Barbados ein Paradies wäre. Ein solcher Ort existiert jetzt nicht mehr. Es gibt keine Menschen, keine Gebäude, keine Pflanzen, nur Zerstörung und Ödland. Es übersteigt meine Fähigkeiten, etwas zu beschreiben, um der Verwüstung und dem Leid, die von dem Hurrikan, der die Insel heimgesucht hat, verursacht wurden, gerecht zu werden. Der Wind war so heftig, dass ganze Bäume entrindet wurden. Das Arsenal steht nicht mehr. Steingebäude liegen in Schutt und Asche. Eine zwölf-pfünder Kanone wurde über eine Strecke von 140 Yard durch den Sog des Meeres mitgerissen. Es wird viele Jahre dauern, bis dieser Ort wieder bewohnbar sein wird, wenn überhaupt.

Es muss für alle Betroffenen ein schreckliches Erlebnis gewesen sein und meine Gedanken gehen wieder zu meinem Vater und seiner jungen Familie. Welche Qualen und Schrecken müssen er und sie alle vor ihrem Tod erlitten haben? Und nicht nur er und seine Kinder, sondern alle armen Seelen, die auf dieser Insel lebten? Man sagte uns, dass Tausende ihr Leben verloren haben und viele weitere Tausende auf den umliegenden Inseln. Die britische und die französische Flotte sind dezimiert. Kein Fort, kein Haus, nichts blieb stehen. Vergib mir, wenn ich mich wiederhole, aber die Zerstörung ist unglaublich, und das schreibt dein Ehemann, der auf einem Schlachtfeld war und das Gemetzel aus erster Hand miterlebt hat.

Ich bin wieder an Bord, um zu essen und zu schlafen und Dir den Rest dieses Briefs zu schreiben, damit ich ihn mit einem der beiden Schiffe mitschicken kann, die am Rande des Sturms überlebten und die in den Hafen kamen, um Hilfe anzubieten und jetzt nach England zurückkehren, um Vorräte zu holen und Briefe mitzunehmen. Ich werde morgen wieder an Land gehen und wieder zu dem, was von meines Vaters Haus geblieben ist, für die offizielle Exhumierung seiner Leiche. Gott weiß, in welchem Zustand sie ist und ob ich imstande sein werde, es zu ertragen, sie anzusehen, doch ich werde den Schiffsarzt bei mir haben, dem ich die von meiner Cousine Herzogin erhaltenen Informationen weitergeben kann, über den verheilten Bruch im linken Arm meines Vaters. Mr. Plume, den ich als feinen Mann und sehr offen kennengelernt habe, hat ebenso seine eigenen Erinnerungen angeboten, denn er weiß, dass meinem Vater im Verlauf der Jahre mehrere Zähne gezogen wurden.

Wie Du Dir denken kannst, möchte ich dieses grausige Geschäft hinter mich bringen, um mein Leben fortsetzen zu können. Doch mir ist klar, wie notwendig dies für mein Erbe und unsere Zukunft ist, denn solange auch nur der geringste Zweifel besteht, ob mein Vater tot ist oder noch lebt, kann ich meine Ansprüche auf mein Erbe nicht mit Zuversicht erheben.

Wir haben dies vor meiner Abreise besprochen und ich werde mein Versprechen halten, alles zu tun, was ich kann, um die Kinder meines Vaters zu finden, tot oder lebendig. Mr. Plume und einige der Sklaven meines Vaters sind fest davon überzeugt, dass sie nicht überlebt haben könnten, aber wie sollen wir das mit Sicherheit wissen, solange ihre Leichen nicht geborgen wurden? Vielleicht werden wir es nie erfahren. Doch wenn sie lebend gefunden werden, will ich ihnen eine sichere Reise nach England anbieten, dafür sorgen, dass sie ihr Erbe erhalten und sie dann so versorgen, wie es der Liebe und Fürsorge meines Vaters für sie angemessen ist. Wenn ihre Leichen geborgen werden, will ich ihnen ein ordentliches Begräbnis ausrichten und sie neben meinem Vater beerdigen lassen. Das ist das Mindeste, was ich tun kann. Was die Männer angeht, die er besaß, hasse ich die bloße Idee menschlicher Versklavung, wie du weißt, und daher sollen sie ihre Freiheit haben und was immer ich ihnen anbieten kann, um ein neues Leben zu beginnen. Ich weiß, dass dies auch deinen Gefühlen entspricht, und Charles und Mary stimmen beide zu, obwohl ich es auf jeden Fall getan hätte.

Mr. Farrier sagt, ich müsse mich ausruhen, und er hat recht. Daher schließe ich hier und siegele diesen Brief mit einem Kuss und all meiner Liebe. Ich kann es nicht erwarten, nach Hause in das Wohlbefinden und die Wärme zu kommen, die in deinen Armen zu finden sind. Halte mich nicht für selbstsüchtig, weil ich nicht frage, wie die Umbauten in der Hall verlaufen oder wie Du Dich an das Leben als Herrin dort gewöhnst, oder ob meine Mutter sich angenehm, wenn auch vielleicht nicht sehr freundlich, benimmt. Sie wird sich bis zuletzt gegen ihren Umzug in den Witwensitz sträuben, und das hat nichts mit Dir zu tun, sondern nur damit, welche Art von Frau sie ist. Ich habe vollstes

Vertrauen in Dich, dass Du sie mit dem diplomatischen Geschick behandeln kannst, das Du von Deinem Großvater geerbt hast.

Ich denke an wenig anderes als an Dich und unser Leben in der Hall und es ist ein Trost zu wissen, dass Du dort bist, in Sicherheit, und auf mich wartest, und dass ich weiß, in Dir eine Helferin zu haben, deren liebenswürdige Gelassenheit bedeutet, dass Du mit allen Arten häuslicher Krisen umzugehen imstande bist (sogar mit meiner schwierigen Mutter). Und ich weiß, dass Du das alles erträgst, weil Du mich liebst, und dafür liebe ich Dich nur umso mehr.

Liebe und Küsse,
Dair mit dem Piratenbart

Jonathon, der hochedle Herzog von Kinross, Wohnung 6, Forrester's Wynd, Lawnmarket, High Street, Edinburgh, Schottland, an Antonia, die hochedle Herzogin von Kinross, Crecy Hall bei Alston, Hampshire.

Wohnung 6, Forresters Wynd,
Lawnmarket, High Street, Edinburgh
September 1777

Meine Herzallerliebste - Geliebte,

Ich habe deinen Brief dreimal gelesen. Ich habe ihn hier bei mir, aufgefaltet, und habe ihn noch einmal gelesen. Meine Hand zittert und mein Herz und mein Kopf pochen dröhnend. Meine Arme und Beine haben sich in Wachs verwandelt.

Ich war gerade aus einem Tragsessel am Fuße der Treppe zu meiner Unterkunft hier in der Hauptstadt gestiegen, als ein Bote mir Deinen Brief aushändigte. Ich war mit einer Gruppe rotgesichtiger Gents zusammen, die gekommen waren, um über Schulden, Gläubiger und die Zukunft zu sprechen. Alle sind in gewisser Weise mit meinem Schicksal verbunden - Anwälte, Verwandte, ein Bankier, mein Verwalter, zwei Gutsherrn angrenzender Liegenschaften, die mehr Zeit hier in Edinburgh als auf ihren Gütern verbringen. Ich habe die Schulden meines Großonkels zur großen Zufriedenheit aller beglichen und bin der Held der Stunde. Der Punkt ist, dass dieser Held von einer Gruppe robuster Männer umgeben war, die mir alle kaum bis an die Schulter reichen, als dein Mann von deinen Neuigkeiten völlig umgeworfen wurde und fast zusammengebrochen wäre. Meine Knie gaben nach und ich machte einen Satz in Richtung der Schulter des nächststehenden Mannes, um sie als Krücke zu benutzen, damit ich nicht vornüber auf die Pflastersteine fallen würde. Ich bin sicher, dass sie dachten, ich hätte von den Steigungen einen Herzanfall erlitten, denn dieser Ort ist sehr steil und es gibt überall Treppen.

Ich kam mir wie der größte Narr vor, in dieser Weise auf deine Nachricht zu reagieren und doch war es mir gleichgültig, denn du hast mich zum glücklichsten aller Männer gemacht, und nicht nur mich. Als die Menge um mich herum von der Neuigkeit erfuhr, ertönte ein Jubel, der mich fast taub machte und nur zu meinem Unwohlsein beitrug. Doch jetzt grinse ich wie ein Dummkopf, weil ich es nicht für möglich gehalten hatte, glücklicher zu sein, als ich es an unserem Hochzeitstag war, als ich Dir einen Ehering an den Finger steckte und Dich zu der Meinen machte.

Habe ich Dir nicht gesagt, dass wir ein Kind haben würden, Liebste? Meine Gebete an Parvati wurden erhört! Habe ich Mitleid mit Deinem Zustand, da du mir erzählst, dass Dir jeden Morgen übel ist und Du jetzt den Geruch oder Geschmack deines Lieblingsgetränks nicht mehr ertragen kannst? Aber natürlich! Doch es vertreibt nicht das Grinsen von meinem Gesicht. Nichts könnte das. Ich wandere herum wie auf Wolken und jeder, dem ich begegne, hält mich für schwachköpfig. Das kümmert mich nicht.

Eines ist sicher. Ich werde so bald als möglich zu Dir nach Hause kommen. Das Allerwichtigste ist, dass ich bei Dir bin, nicht hunderte von Meilen weit fort. Mein Verwalter, mein Anwalt, mein Bankier und jeder, der für den Besitz hier wichtig ist, stimmen mir zu. Die Bedeutung Deiner Schwangerschaft für diese Leute und für meine Güter und die Menschen, die sich jetzt auf mich verlassen, da ich ihr Laird und Herzog bin, kann nicht genug betont werden. Mein Aufstieg zum Herzog gab ihnen Hoffnung, aber Deine Nachricht gibt ihnen eine Zukunft.

Ich werde also so schnell wie möglich wieder zu Hause sein. Schnelle Pferde und gutes Wetter sollten mich bis Ende des Monats in Deine Arme zurückbringen. Und dann kannst du mich nach Herzenslust für den Zustand ausschimpfen, in dem du dich jetzt befindest, und, wie du schreibst, noch dazu in Deinem Alter. Ha! Alter! Das spielt für keinen von uns eine Rolle, erinnerst Du Dich? Mögest Du es nie wieder als eine Entschuldigung bei mir benutzen, denn ich bin sicher, dass Du Dich jeden Morgen selbst tadelst, weil Du in diese Lage geraten bist, indem Du Dich in einen Mann verliebt hast, der Dich unglaublich begehrenswert findet, und der dich, wenn er dazu in der Lage wäre, zehnmal am Tag lieben würde.

Vielleicht ist es Dir peinlich, in dem, was Du mit ‚Deinem Alter‘ bezeichnest, schwanger zu sein? Hattest Du dieses Gefühl, als Du mit Deinen Söhnen schwanger warst? Natürlich nicht! Warum auch? Und ich bin sicher, Monseigneur stolzierte wie ein preisgekrönter Dartmouth-Hahn herum, als Du ihm die Nachricht mitteiltest, dass er Vater würde, und er war schon in mittleren Jahren. Also muss ich Dich warnen, dass dein Ehemann hier beabsichtigt, mit stolzgeschwellter Brust herumzustolzieren, ebenso energisch und stolz wie jener. Ich habe bereits damit begonnen! Denn als meine mit mir aus Fife gekommenen Verwandten mir begeistert gratulierten, weiß ich, dass meine Brust schwoll und ich grinste. Oh ja. Ich bin sicher, dass meine Brust noch weiter wuchs, als diese Männer ihr Entzücken und ihre Aufregung darüber äußerten, dass ihr neuer Herzog den Titel noch kein Jahr hätte und schon verheiratet wäre und im neuen Jahr dem Herzogtum einen Erben mitbringen wird. Daher ist meine Aufgeblasenheit und mein Herumstolzieren gerechtfertigt.

Ich sollte Dir etwas von meinem Aufenthalt in Schottlands Hauptstadt erzählen, ein Ort mit so vielen Hügeln und auf und ab, wie ich je einen gesehen habe. Die Burg auf ihrem Felsen thront über der Landschaft, nicht unähnlich einem Abszess auf dem Gesäß eines grünen Riesen, sie sticht hervor und heraus und sieht schmerzhaft aus, während ringsum alles schön und grün und feucht ist. Doch trotz alledem ist sie ein majestätischer Anblick, einer, der das schottische Blut in meinen Adern erwärmt.

Ich kann die Einheimischen mit ihren harten Gesichtern nicht tadeln, wenn sie ihren Geschäften mit feierlicher Umsicht und Zielgerichtetheit nachgehen. Ihre Stadthäuser sind sehr hoch, manche bis zu acht Stockwerken, und in jedem Stockwerk leben mehrere Familien. Es gibt in den Bezirken keine gesellschaftlichen Unterschiede, denn arm und reich leben dicht beieinander, oft in den gleichen Häusern, nur die Zahl der Räume und auf welchem Stockwerk eine Familie zu leben wählt, lässt Rückschlüsse auf den Stand der Bewohner zu. Die mittleren und höheren Stockwerke werden von den wohlhabenden und denen von Stand bewohnt, die unteren Etagen sind mit den Armen vollgestopft. Was im direkten Gegensatz zu London steht, nicht wahr, wo die Diener in den Dachkammern wohnen. Hier nicht. Es gibt Gespräche und es wurden Pläne für den Bau einer geplanten Stadt auf der anderen Seite des Lochs unterbreitet, des Sees, der die Burg und die umliegenden Gebiete vom Rest des Flachlands trennt. Wenn das vorangetrieben wird, werde ich mich dort ankaufen, denn ich möchte meine Herzogin und mein Kind in einem angemessen bequemen und großen Heim unterbringen. Außerdem sagt der Kaufmann in mir, dass es eine ausgezeichnete Investition sein wird.

Viele reiche Kaufleute und Menschen mit Titeln leben außerhalb der Stadtmauern in Häusern, die ihrem Rang entsprechen. Und erst, wenn man weiter über die Bucht nach Fife hineinreist und darüber hinaus, sieht man Anwesen, die einem englischen Herrenhaus in einer Parklandschaft entsprechen. Man sagt mir, dass auf einem solchen Anwesen ein Gewächshaus für exotische Früchte steht und der Lord für seine Lady ein großes Gebäude errichtet hat, das einer Ananas ähnelt. Ich würde so etwas nur zu gern sehen, vielleicht, wenn Du im nächsten Sommer mit mir zurückkommst, können wir diese Ananas selbst suchen. Ich werde vielleicht schon Nachforschungen anstellen und meinen Verwalter an seine Lordschaft schreiben lassen mit der Bitte um einen Besuch. Deine Patentochter Rory wird sicher sehr eifersüchtig sein, wenn wir diese steinerne Kopie ihrer Lieblingsfrucht besichtigen.

Mir ist klar, dass dieser kleine Ausflug in meine Umgebung für jemand wie Dich, die einen so unstillbaren Wissensdurst hat, höchst unbefriedigend sein muss, doch ich muss diesen Brief äußerst widerstrebend beenden und sofort abschicken lassen, damit Du ihn so bald wie möglich erhältst. Ich habe noch ein paar Tage Besprechungen in der Hauptstadt vor mir, um meine Angelegenheiten hier im Norden bis zu meiner Rückkehr im Frühjahr zu regeln. Es ist gut, dass ich meinem Verwalter völlig vertraue, einem Gentleman, der sehr passen Mr. Colin Record heißt. Mit ihm und Ffolkes - dem ich Vollmacht als meinem Stellvertreter gegeben habe und der bleiben wird, um die Bibliothek zu seiner Zufriedenheit zu katalogisieren - habe ich vollstes Vertrauen, dass die Reparaturen und Renovierungsarbeiten auf dem Anwesen in meiner Abwesenheit zügig vorangehen werden.

Ich zähle die Stunden, bis ich wieder in Deinen Armen bin und wir uns wieder [*ausgelassen*] können. [*ausgelassen*] vermisst Dich und lässt mich das jeden Morgen wissen. Ist [*ausgelassen*] ebenso [*ausgelassen*] bei dir? Gott, dieses Verlangen lässt mich fühlen, als wäre ich wieder fünfzehn Jahre alt und bräuchte [*ausgelassen*], und es ist nur Deine Schuld, Du verruchte Frau. Hat je ein Mann eine Frau so begehrt wie ich dich begehre? Ich werde [*ausgelassen*] und [*ausgelassen*] und Du wirst [*ausgelassen*].

Dein stolz krähender Hahn,

K

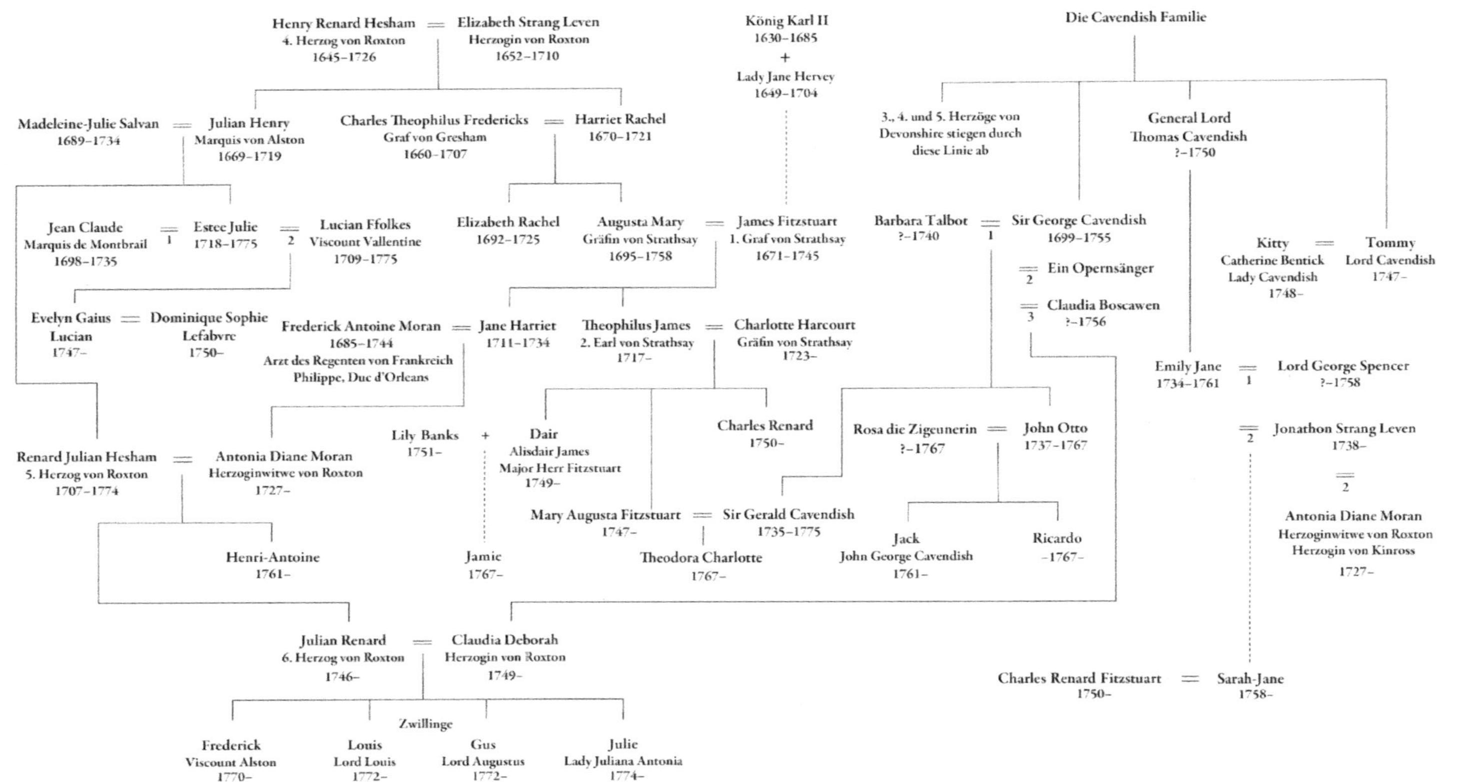

Die Cavendish Familie

Henry Renard Hesham
4. Herzog von Roxton
1645–1726
=
Elizabeth Strang Leven
Herzogin von Roxton
1652–1710

König Karl II
1630–1685
+
Lady Jane Hervey
1649–1704

3., 4. und 5. Herzöge von
Devonshire stiegen durch
diese Linie ab

General Lord
Thomas Cavendish
?–1750

Madeleine-Julie Salvan
1689–1734
=
Julian Henry
Marquis von Alston
1669–1719

Charles Theophilus Fredericks
Graf von Gresham
1660–1707
=
Harriet Rachel
1670–1721

Jean Claude
Marquis de Montbrail
1698–1735
=
1
Estee Julie
1718–1775
=
2
Lucian Ffolkes
Viscount Vallentine
1709–1775

Elizabeth Rachel
1692–1725

Augusta Mary
Gräfin von Strathsay
1695–1758
=
James Fitzstuart
1. Graf von Strathsay
1671–1745

Barbara Talbot
?–1740
=
1
Sir George Cavendish
1699–1755

=
2
Ein Opernsänger

=
3
Claudia Boscawen
?–1756

Kitty
Catherine Bentick
Lady Cavendish
1748–
=
Tommy
Lord Cavendish
1747–

Evelyn Gaius
Lucian
1747–
=
Dominique Sophie
Lefabvre
1750–

Frederick Antoine Moran
1685–1744
Arzt des Regenten von Frankreich
Philippe, Duc d'Orleans
=
Jane Harriet
1711–1734

Theophilus James
2. Earl von Strathsay
1717–
=
Charlotte Harcourt
Gräfin von Strathsay
1723–

Emily Jane
1734–1761
=
1
Lord George Spencer
?–1758

=
2
Jonathon Strang Leven
1738–

=
2

Antonia Diane Moran
Herzoginwitwe von Roxton
Herzogin von Kinross
1727–

Renard Julian Hesham
5. Herzog von Roxton
1707–1774
=
Antonia Diane Moran
Herzoginwitwe von Roxton
1727–

Lily Banks
1751–
+
Dair
Alisdair James
Major Herr Fitzstuart
1749–

Charles Renard
1750–

Rosa die Zigeunerin
?–1767
=
John Otto
1737–1767

Henri-Antoine
1761–

Jamie
1767–

Mary Augusta Fitzstuart
1747–
=
Sir Gerald Cavendish
1735–1775

Theodora Charlotte
1767–

Jack
John George Cavendish
1761–

Ricardo
–1767–

Julian Renard
6. Herzog von Roxton
1746–
=
Claudia Deborah
Herzogin von Roxton
1749–

Charles Renard Fitzstuart
1750–
=
Sarah-Jane
1758–

Zwillinge

Frederick
Viscount Alston
1770–

Louis
Lord Louis
1772–

Gus
Lord Augustus
1772–

Julie
Lady Juliana Antonia
1774–

BRIEFE ZU DIE STOLZE MARY

Kate, Lady Paget, Casa Rosa, vicino Ponte di Marmo via Borra, Quartieri Veneziato, Livorno, an Seine Gnaden, den höchstedlen [5.] Herzog von Roxton, White House, Third Hill Residences, Konstantinopel.

Casa Rosa, vicino al ponte di marmo via Borra,
Quartieri Veneziato, Livorno
August 1767

Mein lieber Roxton,

Du batest mich in Deinem letzten Brief, Dir etwas über Livorno zu erzählen. Ich war sehr überrascht, dass Du nie hier zu Besuch warst, dass Du auf Deinem Weg nach Rom nicht durch diesen Hafen gekommen bist. Doch dann erinnerte ich mich, dass Du gesagt hattest, Du wärest über Land von Paris aus gereist, um Mailand, Modena und Florenz zu besichtigen, bevor Du nach Rom weiterreist und dass du besondere Gründe hättest, Modena zu besuchen. Allerdings hat Antonia mir in ihrem Brief anvertraut, dass der Arzt, den du dort wegen des Zustands Deines kleinen Sohnes konsultiert hast, unfähig war, Dir Antworten und schon gar keine Hoffnung zu geben!

Ich hoffe, dass Du, nachdem Du Dich jetzt in einem Haus in Konstantinopel niedergelassen hast, Muße hast, des Langen und Breiten mit den Ärzten des Islam zu konferieren, von denen Du hoffst, dass sie größeres Wissen über die Fallsucht und ihre Behandlung haben als unsere Ärzte hier im Westen. Vielleicht wird der Wechsel von Umgebung und Kost Deinem kleinen Jungen ein wenig Ruhe vor seinen Anfällen verschaffen?

Und bevor ich es (schon wieder) vergesse und Dir einen Bericht über meine selbstgewählte Heimatstadt schreibe, möchte ich Antonia liebe Grüße schicken und alles Gute zu Eurer Wiedervereinigung mit Eurem Sohn und Erben wünschen. Wie viele Jahre sind vergangen, seit Ihr zuletzt alle zusammen als Familie gelebt habt? Julian muss sich sehr verändert haben und ich meine nicht nur äußerlich. Nach dem, was Du mir von den Berichten seines Paten erzählt hast, hat er sich zu einem würdigen jungen Gentleman entwickelt, auf den Du zu Recht stolz sein kannst. Ich muss Dich nicht daran erinnern, dass ich Deine Ängste bei diesem Wiedersehen vollauf verstehe und hoffe, dass es besser als erwartet verläuft, vor allem auch um Antonias willen. Und ich hoffe, dass Du mir einen Bericht über diesen vielversprechenden Anlass schreiben wirst, damit ich beruhigt sein kann in dem Wissen, dass die Mutter Deines Sohnes zur allseitigen Zufriedenheit wieder mit ihrem Kind vereint wurde.

Ich bin wieder von meinem Thema abgewichen, nicht wahr? Daher ist hier mein *précis* von Leghorn (wie wir Engländer es nennen, obwohl ich mein Bestes tue, es so zu nennen wie die Einheimischen, und das ist Livorno).

Hier in dieser befestigten Stadt wohnt eine große Mischung aus Völkern - Mohren, Araber, Türken und alle Arten von Europäern, was man, wie ich schätze, in einem Hafen erwarten muss, wo Schiffe aus vielen Teilen des Mittelmeers und größerer Entfernung anlegen. Diese Schiffe segeln herein, so weit sie können, denn dies ist ein Flachwasserhafen, und dann werden ihre Waren auf kleinere Boote umgeladen, um an die Küste gebracht zu werden. Einmal auf dem Trockenen werden sie auf dem Kai sortiert und dann zur weiteren Sortierung in riesige Lagerhallen gebracht. Diese Beamten, die das überwachen, sind nicht dazu da, um Zölle zu erheben, denn dieser souveräne Staat ist frei von solchen Abgaben, daher verbringen sie ihre Zeit damit, den Frieden zu wahren und für den reibungslosen Ablauf des Verfahrens des Warentransports zu sorgen, und darauf zu achten, dass nichts gestohlen wird.

Es gibt alle Arten von Fracht, von Getreide bis zu Tabak, Zucker und, was Dich überraschen könnte (wie mich), ein Überfluss an getrocknetem Kabeljau und Hering. Warum, fragst Du. Es ist für die einheimische Bevölkerung und die Menschen außerhalb der Mauern für ihre Freitagsmahlzeit, wenn die Papisten kein Fleisch oder Milchprodukte jeglicher Art zu sich nehmen dürfen, und auch für die Vorabende der Festtage. Meine Haushälterin sagte mir, dass durch all die religiösen Feste, und wenn man Freitage, Samstage und Fastentage zusammenrechnet, die Katholiken über ein Drittel des Jahres ohne Fleisch, Eier, Butter, Käse und Schmalz verbringen! Stell Dir vor, ohne ein schönes Ei am Morgen oder Milch im Tee oder Kaffee auskommen zu müssen? Du würdest Dich sicher solchen Diktaten nicht fügen und ich wage zu behaupten, dass Du, wärest Du ein Papist, den Kardinälen und der Inquisition eine Nase drehen würdest, und, so wie ich Dich kenne, damit auch durchkämest. Verdammt sollst Du sein!

Und doch, trotz all der papistischen Diktate und der finsteren Figuren der Inquisition, die im Schatten lauern und hoffen, sich auf jemanden stürzen zu können, der es wagt, gegen die Lehren der Kirche zu verstoßen und an einem Freitag Fleisch zu essen, ist diese Stadt anderen Glaubensrichtungen gegenüber bemerkenswert tolerant. Doch dies gilt wegen der Zweckmäßigkeit seiner weisen Herrscher. Die Medici, auch wenn sie geadelt wurden, waren in erster Linie Bankiers und Kaufleute, und daher immer pragmatisch. Wo großer Handel betrieben wird, steht das Geld über Gott.

Christen, sowohl Katholiken als auch Protestanten, Juden und Mohammedaner können hier frei und ohne Angst ihren Glauben leben. Es gibt Synagogen und Tempel und sogar einen englischen Friedhof!

Sollte ich also morgen hier sterben, könnte ich sicher in geweihter protestantischer Erde begraben werden. Man sagte mir, es wäre der einzige englische Friedhof in allen italienischen Staaten. Es ist eingezäunt und gepflegt, und viele wohlhabende Kaufleute wurden unter beeindruckenden Denkmälern zur Ruhe gelegt.

Wegen des englischen Friedhofs sollte man meinen, dass es eine große Gemeinschaft unserer Landsleute gäbe, die hier leben. Aber das ist nicht der Fall. Es ist eine kleine Gemeinschaft von nur ein paar Dutzend Familien. Doch wirtschaftlich sind sie sehr sichtbar und in Anbetracht unserer kaufmännischen Vorrangstellung auch überaus hörbar, wenn es um ihre Wünsche und Bedürfnisse geht. Die britische Faktorei (wie dieser Zusammenschluss englischer Händler sich nennt) ist als Handelsgenossenschaft gut organisiert und sorgt gut für sich.

Natürlich sind sie geborene und gelernte Kaufleute und ich kann Dir sagen, wie ausgehungert sie nach guter Gesellschaft sind: als bekannt wurde, dass ich, die Witwe eines hochdekorierten Lord-Admirals meinen Wohnsitz hier genommen hätte, war es, als wäre die Königin höchstselbst zu ihnen gekommen! Du lachst leise und schüttelst den Kopf, aber so ist es. Ich habe in einem Monat noch nicht einmal zu Hause gespeist und während es sehr schön ist, gefeiert und mit Kratzfüßen begrüßt zu werden, würde ich in meinem jetzigen Alter eine ruhigere Existenz bevorzugen, vor allem da meine nachlassende Sehkraft es mir nicht erlaubt, die Stimmung in einem Raum so gut zu beurteilen, wie ich es mir wünschen würde.

Wie ich es vermisse, deinen Blick über einen überfüllten Salon hinweg einzufangen und gleichzeitig mir Dir eine Augenbraue über das seltsame Äußere einer Kreatur oder die abscheuliche Perücke eines Dandys, die mehr wie ein Pudel als wie ein Haarschopf wirkt, zu heben, und wenn du dann dieses Gesicht ziehst, was mich dazu bringt, mich hinter meinem Fächer zu verstecken, um mein Lächeln zu verbergen. Doch am allermeisten vermisste ich diesen tödlichen Blick, den, von dem ich überzeugt bin, dass du direkt durch Leute hindurchblicken kannst, die dich langweilen, sodass sie zu Geistern werden und ebenso gut überhaupt nicht anwesend sein könnten, so wenig kümmerst Du Dich um ihre Konversation oder ihre kriecherischen Anreden.

Wenn ich darüber nachdenke, würdest Du Livorno überhaupt nicht mögen. Während Du die Stadthäuser an den Kanälen entlang der Via Borra, wo ich meine Wohnung habe, vielleicht akzeptabel fändest, weil sie einheitlich aussehen und geräumig sind und einen Hauch von Venedig vermitteln, würde Dir die Gesellschaft, in der ich mich bewege, nicht gefallen. Vielleicht, wenn Du inkognito kämest und Deine Herzogskrone an der Festungsmauer ließest. Als Seine Gnaden, der Herzog von Roxton, zu Besuch zu kommen, würde Dich ermüden. Außerdem ist diese Stadt nicht groß genug für uns beide! Ha!

[Absatz von vier oder fünf Sätzen unlesbar.]

Ich hätte eine neue Seite oder vielleicht einen anderen Brief beginnen und das, was ich bereits geschrieben hatte, senden sollen, aber das konnte ich nicht, oder Du hättest vielleicht vermuten können, dass mir etwas Unerfreuliches passiert wäre, um einen so banalen Brief so abrupt zu beenden.

Ach, mein geliebter Freund! Ich habe die allerwundervollsten Neuigkeiten zu berichten. Mein Sohn - und er hat mir jetzt die Erlaubnis gegeben, ihn unter vier Augen so zu nennen, während er mich jedoch Kate nennen will, solange seine Adoptiveltern leben - hat Lucca verlassen und ist jetzt hier bei mir. Ja! Christopher ist hier in meiner Wohnung. In Wahrheit ist es zwei Wochen her, dass ich diesen Brief an Dich begann, denn er kam zur Tür hereinspaziert, während ich hier an meinem Schreibtisch saß und ich war so erschrocken, dass ich Tinte vergoss und meinen Brief völlig vergaß. Ich weiß, Du wirst mir verzeihen.

Christopher und ich haben jeden wachen Augenblick seit seiner Ankunft damit verbracht, zu reden, und er spricht von einer Zukunft, die mich einschließt ... Renard, ich kann Dir das Hochgefühl nicht beschreiben, das ich jetzt empfinde, außer, um es mit dem zu vergleichen, das ich hatte, als ich ihn als Neugeborenes in meinen Armen hielt. Dieses Gefühl ist so mächtig, so überwältigend, dass selbst jetzt, als ich Dir diese Nachricht schreibe, Tränen meine Augen füllen, so dass, wenn mein Sehvermögen vorher schon schlecht war, es jetzt beim Schreiben dieser Zeilen noch schlechter ist! Also verzeihe bitte dieser alten Dame ihre Handschrift und die Flecken auf der Seite.

Hattest Du je an einen solchen Ausgang gedacht? Ich weiß, dass Du ebenso wie ich hofftest, dass mein Junge sich besinnen würde und einsehen, dass alles, was ich mir je wünschte, war, einen kleinen Anteil an seinem Leben zu haben. Als ich Dir von meinem ersten und einzigen Zusammentreffen spät im letzten Jahr schrieb, war er noch immer Teil des De Nobili-Dreiecks. Ich war überzeugt, dass er die Absicht hatte, seiner Berufung als Cicisbeo weiter nachzugehen und für immer als Cristoforo bekannt bleiben würde.

Welcher Wandel brachte ihn dazu, seine Meinung zu ändern, fragst Du, nachdem er seit einem Jahrzehnt der feste Gentleman-Begleiter der Ehefrauen anderer Männer war? Und dieser letzte Vertrag war der mit der Frau eines politisch mächtigen Lucceser Conte, Maddalena De Nobili, die so von ihm als ihrem Begleiter und Liebhaber eingenommen war, dass sie ihn bat, nein, anflehte, einen zweiten Vertrag für zwei weitere Jahre zu unterschreiben und ihr Ehemann schloss sich ihrem Wunsch an!

Ich werde nie verstehen, wie diese Vereinbarungen so höflich geführt werden, mit rechtlich verbindlichen Verträgen und wie alle Beteiligten, insbesondere der Ehemann und das weitere Umfeld, diese ‚Dreiecksbeziehung' akzeptieren, als ob es etwas Alltägliches wäre. Niemand schaut auf einen Cicisbeo herab und jeder sieht es als Ehre und Ausgangspunkt zu Größerem an. Die jungen Gentlemen der italienischen Aristokratie drängen sich danach, eine solche Position zu erlangen, und man sagt mir, dass es tatsächlich eine große Ehre wäre, dass Christopher als einer von ihnen akzeptiert und vielbegehrt wäre.

Du wirst die Augen verdrehen, wenn ich Dir sage, dass ich es nicht gutheiße, dass mein Sohn Teil einer solchen ehelichen *ménage à trois* ist. Und nein, ich bin nicht prüde und Du weißt das sehr wohl. Schließlich könntest Du sagen, dass er in meinen ausschweifenden Fußstapfen tritt, oder doch zumindest in die seines Vaters. Sir George war kein Heiliger, im Schlafzimmer so wenig wie außerhalb. Doch ich beziehe mich auf Christophers viele und vielfältige Aufgaben außerhalb des Schlafzimmers als Cicisbeo von verheirateten Frauen. Es liegt in der abhängigen Natur dieser Stellung, dass er ständig auf Abruf für sie bereit sein muss, und der Ehemann duldet das nicht nur, sondern ist an all dem beteiligt! Du hättest Dich niemals auf ein solches Arrangement eingelassen. Mit einer verheirateten Frau ins Bett gehen, ja, aber den Platz ihres Ehemannes im Theater, bei Ausgängen und dergleichen einnehmen und gezwungen sein, für sie Dinge zu holen und ihren Fächer zu tragen? Auf keinen Fall! Deine Arroganz hätte es Dir nie erlaubt, jemandes Schoßhund zu sein.

Ich sollte Vereinbarungen, die mir so fremd sind, wie der Katholizismus und das Essen (obwohl ich das Essen genieße!), nicht schlechtreden. Schließlich ist es nicht mein Land und nicht meine Gesellschaft. Doch er ist mein Sohn und als Engländer geboren und erzogen worden, und ich hätte es weit lieber gesehen, wenn er seine Zeit als Squire mit schlammbespritzten Stiefeln denn als in Seide gehüllter, parfümierter Hofnarr einer angemalten italienischen Gräfin verbracht hätte.

Nein! Ich muss meinen Verstand verloren haben, mir zu wünschen, dass mein Sohn in die hinterwäldlerischen Cotswolds zurückkehrt, wo er aufgewachsen ist, wenn alles, was ich während seiner jungen Jahre tat, war, darüber zu stöhnen, dass er eine so provinzielle Kindheit hatte. Lache, so viel Du willst! Was ich mir am meisten wünschte, ist doch eingetreten, denn zehn Jahre des Lebens unter dem toskanischen Adel hat ihn zu einem sehr wohlerzogenen und gebildeten Gentleman gemacht. Er geht nicht, er gleitet. Er bewegt sich nicht lediglich, er rauscht dahin. Er spricht nicht, er betreibt Konversation, und in drei Sprachen, wenn es sein muss. Er tanzt wie ein Tanzmeister, kann fechten, um sein Leben zu verteidigen, spielt auf der Mandora und der Violine und wäre Dir an äußerer Eleganz gleich. Und wenn all diese Dinge ein Maß für seine Geschicklichkeit als Schüler der Profession eines Cicisbeo sind und eine völlige Verwandlung, kann man das auf das Schlafzimmer übertragen und mit Sicherheit annehmen, dass er ein vollendeter Liebhaber ist und wie Du sehr gut in der Lage, seine Geliebte in jeder Hinsicht zu befriedigen.

Du fragst, ob ich eifersüchtig bin? Aber ja! Ganz bestimmt bin ich das! Der Gedanke, dass er seine Zeit und seine Fähigkeiten diesen Frauen widmet, und mit der Zustimmung ihrer Ehemänner, während ich nie die Erlaubnis hatte, ihm auch nur als seine Tante bekannt zu sein, während er aufwuchs, weil ich ihn mit meiner Liederlichkeit verderben könnte, steckt mir wie eine Fischgräte im Hals. Doch ich kann Dich sagen hören, dass ich jetzt als Letzte lache, da mein illegitimer Sohn, der als Sohn eines Squire erzogen wurde, sich von einem Hinterwäldler zu einem adligen Schmetterling gewandelt hat! Es muss ihm also im Blut liegen und kein Heurechen und Apfelwein reichte aus, um auch nur das Geringste daran zu ändern. Ich habe gewonnen, nicht wahr?

Es ist ein hohler Sieg, denn ich wünsche meiner Schwester und ihrem Ehemann, trotz ihrer Verachtung mir gegenüber, nichts Böses. Doch ich würde Dich und mich belügen, wenn ich Dir nicht sagte, dass ich, als Christopher mir sagte, er hätte einen Brief seines Adoptivvaters erhalten, dass meine Schwester, seine ‚Mutter‘, krank wäre, nicht so betrübt gewesen wäre, wie ich hätte sein sollen. Um seinetwillen ließ ich es so aussehen.

Ich wünsche meiner Schwester keine Krankheit und ich bin ihr und meinem überaus langweiligen Schwager zutiefst dankbar, dass sie Christopher als ihren eigenen Sohn großgezogen haben, doch es war die Nachricht von ihrer Krankheit, die ihn dazu bewogen hat, die Lebensweise, die er hier in der Toskana führte, aufzugeben. In der Tat hat er beschlossen, Italien ganz zu verlassen und nach England zurückzukehren, um bei ihr zu sein.

Und bin ich eifersüchtig, dass es die Krankheit meiner Schwester brauchte, um ihn zur Vernunft zu bringen? Wie, natürlich bin ich eifersüchtig. Doch das ließ ich ihn nicht merken, denn er würde meinen Groll nicht verstehen. Und ich wollte das empfindliche Gleichgewicht unserer Aussöhnung nicht gefährden. Daher biss ich mir auf die Zunge und nickte und stimmte allem zu und beteiligte mich an seinen Plänen. Ich kann aus seiner Stimme die Liebe hören, die er für Sophie empfindet, dass sie in Wahrheit seine Mutter ist, obwohl ich diejenige war, die ihn in ihrem Leib getragen und die Schmerzen der Geburt ertragen hat, um ihm das Leben zu schenken.

Und welche Missstimmung auch zwischen ihm und seinen ‚Eltern‘ wegen der Täuschung entstand, weil sie ihm nicht die Wahrheit über seine Geburt erzählt hatten, was ihn dazu brachte, auf den Kontinent zu fliehen, liebt er sie, liebt seinen Vater und hat ihnen verziehen. Und ich weiß, dass keiner meiner flehenden Briefe und die Tatsache, dass ich mich hier niedergelassen habe, um näher bei ihm zu sein, einen Einfluss auf seine Entscheidungen hatte. Und damit muss ich leben und es akzeptieren und dankbar dafür sein, dass mir ein kleiner Teil an ihm zugestanden wird.

Ich habe Fran mir Kaffee machen lassen und bin in das Türmchen hinaufgestiegen, von wo aus man einen großartigen Blick auf den Hafen hat, um meine Gedanken zu ordnen, und weil Christopher mit mir über die Zukunft sprechen wollte. Jetzt bin ich wieder zurück, mit klarerem Kopf, und möchte Dich um Verzeihung bitten für einen Brief, der in einer Art begann und in einer völlig anderen Richtung endete.

Ich werde bald wieder schreiben und Dich meine Pläne wissen lassen und was die Zukunft für mich und meinen Sohn bereit hält. Ach! Imstande zu sein, diese beiden Worte zu schreiben, bringt mein Herz zum Singen.

Sage Antonia liebe Grüße und dass ich an sie und ihre beiden Söhne denke, vor allem um so mehr, jetzt, wo ich wieder eine Mutter sein darf. Genießt Euren Aufenthalt unter den Osmanen. Du fragtest in Deinem letzten Brief, ob ich möchte, dass Du mir eine Kleinigkeit mit nach England bringst. Oh ja, gern. Lass es einen seidenen Turban sein und vielleicht einen dieser Schals, damit ich wie eine respektable Matrone aussehen kann, auch wenn ich Dir versichern muss, dass ich das nie sein werde!

Bis zum nächsten Mal, lieber Freund,
In Liebe,
Kate

Kate, Lady Paget, Casa Rosa, vicino Ponte di Marmo via Borra, Quartieri Veneziato, Livorno, an Seine Gnaden, den höchstedlen [5.] Herzog von Roxton, White House, Third Hill Residences, Konstantinopel.

Casa Rosa, vicino al ponte di marmo via Borra,
Quartieri Veneziato, Livorno
August 1767

Mein lieber Roxton,

Dein Brief traf am Tag, nachdem ich meinen abgeschickt hatte, ein, und daher antworte ich sofort, damit Du weißt, dass ich ihn erhalten habe, weil ich einen Vorfall berichten muss, über den ich, wenn ich ihn nicht sofort niederschreibe, vielleicht gar nicht mehr werde schreiben wollen. Doch ich muss es Dir erzählen, nicht nur, weil Du es amüsant finden wirst, sondern weil Du mit den Hauptpersonen dieser Tragikomödie gut bekannt bist. Natürlich darfst Du dies mit Antonia teilen (ich weiß, dass Du es ohnehin tun wirst, aber wenn es noch darauf ankommt, hat sie meine Erlaubnis, es zu lesen).

Christopher hat beschlossen, nach England zurückzukehren. Ich weiß, dass ich es Dir davon in meinem vorherigen Brief geschrieben habe, und meine Enttäuschung darüber, dass wir keine Zeit allein zusammen verbracht haben. Aber die gute Nachricht ist, dass ich ihm folgen soll, nicht sofort, sondern innerhalb von sechs Monaten. Ich werde mich in Bath niederlassen müssen, bis ich näher zu ihm ziehen kann. Dies hängt von meiner Schwester und ihrem Ehemann ab und wie sie die Nachricht aufnehmen, dass ihr Sohn entschlossen ist, mich zu einem Teil seines und damit auch ihres Lebens zu machen. Wie wir das alles arrangieren sollen, weiß ich nicht. Aber er weiß es. Und ich vermute, da er es vermocht hat, ein Leben in deinem Dreieck von Ehemann, Ehefrau und Liebhaber zu führen, kann er sich an ein Leben in einem Dreieck aus Adoptiveltern, leiblicher Mutter und ihrem gemeinsamen Sohn anpassen.

Zumindest ist mein Leben interessant.

Nun zu diesem Vorfall. Es geschah gestern Abend. Wenn es um jemand anderen als Christopher gegangen wäre, hätte ich mehr Amüsantes daran gefunden. Als es geschah, war ich schockiert und jeder Zoll eine Mutter. An diesem Morgen fand ich nach einigem Nachdenken meinen Humor wieder und hätte fast meinen Kaffee verschüttet, als ich in spontanes Gelächter ausbrach, als mir das Bild des Vorfalls am Vorabend wieder vor Augen erschien. Christopher ist unversehrt und so lieb, wie der Junge ist, war er mehr über die Auswirkungen dieser Episode auf mich besorgt als wegen jeder möglichen Verletzung, die der Stolz der Fittleworths oder seine Bescheidenheit hätten erlitten haben können!

Liebe Güte. Ich habe gerade fünf Minuten damit verbracht, mir die Lachtränen abzuwischen, denn je mehr ich darüber nach-dachte und darüber, was du gesagt oder getan hättest, wenn du in der gleichen Lege gewesen wärest, desto mehr Erheiterndes fand ich daran. Natürlich wirst du jetzt Deine Augenbrauen hoch-ziehen und auch den Mundwinkel, und sagen, du hättest selbst überhaupt nie in eine solche Situation geraten können, aber ich schweife ab ... Lass mich Dir ein bisschen über den Hintergrund der Ereignisse erzählen.

In meiner Euphorie, Christopher wieder in mein Leben hereinspazieren zu sehen, waren mir alle anderen Überlegungen, Verabredungen und so weiter völlig entfallen. Es ist gut, dass ich eine Haushälterin habe, die wirklich unbezahlbar ist, sie ist auch eine wundervolle Köchin und ihr Mann fungiert als mein Haushofmeister. Sie werden auch mit uns nach England kommen. Ich kann nicht ohne sie oder Fran leben, und sie haben sich gnädigerweise bereit erklärt, ihr Heimatland zu verlassen, um sich um mich zu kümmern.

Wieder schweife ich ab. Während sich meine Haushälterin daran erinnerte, dass ich Gäste erwartete, die hier wohnen würden, tat ich es nicht. Daher saß ich hier mit Christopher beim Frühstück, in dem Türmchen mit der Aussicht auf den Hafen und einer leichten, kühlen Brise, und wir schauten zu, wie eine herrliche Sloop unter der Flagge der Niederlande vor Anker ging, als ich darüber informiert wurde, dass Lord und Lady Fittleworth angekommen wären.

Lieber Gott! Ich hatte völlig vergessen, dass Fanny und Fred zu Besuch kommen würden. Natürlich, zu der Zeit, als wir uns schrieben, hatte ich mich auf ihren Besuch gefreut. Fred ist hier in seiner offiziellen Funktion als englischer Konsul am Hof von Florenz, um sich mit der britischen Faktorei zu treffen. Eine Reihe von Kaufleuten haben Bedenken wegen einiger Handels- und Rechtsangelegenheiten geäußert, an die ich mich nicht erinnern kann und mit denen ich Dich auch dann nicht langweilen würde, wenn ich es könnte.

Und da ich bei zahlreichen Gelegenheiten bei ihnen in Florenz gewohnt und ihre Gastfreundschaft enorm genossen habe, konnte ich nicht nein sagen. Hätte ich jedoch gewusst, dass

Christopher bei mir wohnen würde, hätte ich nicht im Geringsten gezögert, sie abzuweisen oder ein eigenes Stadthaus für sie zu finden (obwohl diese in meinem Teil der Stadt schwer zur Miete zu finden sind).

Wie Dir sehr wohl bekannt ist, kann man Fanny Fittleworth bei keinem Mann, der ihr gefällt, über den Weg trauen. Sie geht oft fremd und er ist ein eifersüchtiger Ehemann, was ermüdend ist. Ihre Ehe war ja auch alles andere als eine Liebesheirat! Weit davon entfernt. Sie war erst siebzehn, als ihr Vater sie opferte, um seine Spielschulden von Fittleworths Papa bezahlen zu lassen. Vermutlich kennst Du die Geschichte besser als ich. Du bist ja ungefähr im gleichen Alter wie Fred. Wenn ich darüber nachdenke, wart Ihr beide nicht in Euren Zwanzigern in einen Vorfall verwickelt, der dazu führte, dass die Miliz wegen Ruhestörung an die Tür einer wohlbekannten Kurtisane hämmerte, und ihr beide durch ein Dachfenster und über die Dächer flüchten musstet? Je länger ich darüber nachdenke, desto überzeugter bin ich, dass es Du und Fred wart, dort oben auf dem Dach.

Ungeachtet von Freds laxen moralischen Ansichten (und ich bin die Letzte, die mit dem Finger zeigen sollte, nicht wahr?), erwartete er Treue von seiner Ehefrau und bekam sie nie. Warst Du einer ihrer Liebhaber? Oh, beantworte das nicht! Es ist mir egal. Was mir nicht egal ist, ist das Hier und Jetzt und dass Fanny Christopher für meinen Liebhaber hielt. Habe ich da ein Kichern aus dem fernen Konstantinopel gehört?

Das ist nicht das Schlimmste. Fred dachte das ebenfalls. Die Geschichte wird noch komplizierter, weil beide Christopher als Cristoforo kennen, da sie ihm in Lucca begegnet sind, als sie Gäste des Conte di Nobili waren. Genau jenem, der der Ehemann von Christophers italienischer Gräfin Maddalena ist. Und daher waren sich die Fittleworths über Cristoforos Stellung voll im Klaren, weshalb sie annahmen, dass wir ein Liebespaar wären. Das einzig Gute ist, dass sie nie vermuteten, er könnte mein Sohn sein.

Also da saß ich, mit dem berühmten Cristoforo als meinem Hausgast. Und Christopher, der die Fittleworths aus Lucca kannte, spielte seine Rolle so gut (zu gut, wie sich herausstellte), dass er sich tatsächlich in Cristoforo verwandelte und ich ihn kaum wiedererkannte. Ich erkannte tatsächlich meinen Sohn nicht mehr. Die Engländer, selbst die Fittleworths, die viele Jahre im Ausland gelebt hatten und sich für kultiviert und über Ausländer wohl informiert halten, verstehen die gesellschaftliche Stellung eines Cicisbeos nicht und wagten es daher, ihn von ihrem englischen Standpunkt aus als männliche Prostituierte zu betrachten, der von Frauen eines gewissen Alters und einer gewissen gesellschaftlichen Stellung engagiert wird. Kannst du sehen, in welche Richtung das läuft?

Daher der Vorfall.

Ich habe meine Feder beiseitegelegt, um eine Tasse Kaffee zu trinken, denn wo ich mich jetzt daran mache, den betreffenden Vorfall zu beschreiben, ließ mich das über mein Verhalten in vergangener Zeit nachdenken und auch das Verhalten in meinen Kreisen, insbesondere das Deiner Cousine Augusta. Verzeih mir, wenn ich die Vergangenheit aufgreife, aber ich erinnere mich daran, dass Augusta Dir in Deiner Jugend (ich benutzte dieses Wort absichtlich) nachstellte und versuchte, Dich zu verführen, und dies zu einer Zeit, als Du ein Junge von fünfzehn oder sechzehn Jahren warst und sie fast dreißig. Nun, Christopher mag ein Mann von dreißig sein, mit vielen Jahren Erfahrung mit Frauen, aber die Einzelheiten sind nicht viel anders als das, was Dir passierte. Wenn daher die folgende Erzählung schmerzhafte Erinnerungen in Dir weckt, bitte ich um Verzeihung. Und wenn es

Dich zu herzhaftem Gelächter über die Possen dieses verheirateten Paares bringt, dann lache! Ich hoffe wirklich, dass es das Letztere ist.

Also was passierte, war dies:

Mitten in der Nacht wurde ich von Fran geweckt, die wiederum von meinem Haushofmeister Carlo geweckt worden war. Und er war von dem Lärm aufgestört worden, der aus Christophers Schlafzimmer drang, von einer Frau und einem Mann, die sich erhitzt stritten. Zuerst dachten wir alle, es wäre Christopher, warum auch nicht? Doch als wir zum Lauschen durch den Gang schlichen, wurde klar, dass es eine dritte Stimme gab, viel ruhiger als die beiden anderen, und dass dies die Stimme der Vernunft war und Christopher gehörte.

Es einen erhitzten Streit zu nennen, ist milde ausgedrückt. In der Tat schrien sie sich um die Wette an. Sie schrie ihn an und er knurrte sie an, alle möglichen Vorwürfe aus Vergangenheit, Gegenwart und Zukunft kamen auf. Gott sei Dank verstehen meine Diener wenig Englisch und noch weniger schlechte Worte in unserer Sprache. Obwohl ich überrascht war, dass Fran, bei der ich ganz sicher bin, dass sie nie einen Mann nackt gesehen hat, geschweige denn, jemanden ihre jungfräulichen Oberschenkel hat berühren lassen, genau wusste, worum es ging. Als daher die Frau kreischte, dass er der „widerlich stolze Besitzer eines Schlappschwanzes wäre, der so winzig wäre, dass sie ihre Brille bräuchte, um ihn zu finden", wurde meine Fran schneeweiß und ihre Knie gaben nach. Carlo fing sie auf, bevor sie zu Boden fiel (er schaffte es nicht, sie ein zweites Mal aufzufangen und ich überlasse es Dir zu erraten, wann das geschah).

Wie Du Dir vorstellen kannst, hätte ich diesem Wortwechsel die ganze Nacht zuhören können, denn es war äußerst unterhaltsam. Doch dann erweckte etwas meinen mütterlichen Gluckeninstinkt, als mir einfiel, dass dieser melodramatische Streit im Schlafzimmer meines Sohnes stattfand. Und Du wirst stolz auf mich sein, denn ich platzte, ohne noch einmal nachzudenken, in den Raum, voller moralischer Entrüstung, entschlossen, Christopher zu retten, indem ich diesen Streit beendete und das Paar in ihre eigenen Betten zurückschickte. Carlo, Sylvia, Fran und der Hausmeister folgten mir dichtauf. Doch ich hatte erst ein paar Schritte über die Schwelle getan, als ich abrupt zum Stehen kam, wodurch die mir Folgenden aufgehalten wurden und übereinander stolperten, um nicht in mich hineinzulaufen. In diesem Moment hatte ich keine Ahnung davon, und ich bin sehr sicher, dass ein Beobachter es sehr erheiternd gefunden hätte.

Doch der Anblick, der sich mir in dem Raum bot, war genug, um mich alle anderen Überlegungen vergessen zu lassen.

Vom Kerzenschein erleuchtet saß Christopher in all seiner Pracht da auf dem Rand seiner Matratze, nackt, bis auf eine Handvoll Laken, die strategisch zwischen seine Schenkel geklemmt war, und zu seinen Seiten standen Fanny und Fred Fittleworth, er in Nachthemd und Nachtmütze und sie halb bekleidet, ihr Hemd rutschte ihr noch von der Schulter. Sie warfen sich über den Kopf meines Sohnes hinweg Anschuldigungen und Beleidigungen an den Kopf.

Zu sagen, dass ich schockiert war, ist untertrieben. Doch als Christopher den Kopf hob und meinem Blick begegnete, war mir klar, dass er an diesem Drama unschuldig war. Und als er mir ein verlegenes, halbes Lächeln schenkte und die Augen verdrehte, war das nicht Cristoforo, sondern mein Sohn. Das war alles, was es brauchte, damit meine Füße sich wieder vom Boden lösten und ich nach vorn eilte, fest entschlossen, dieses große Drama zu beenden. Doch, bevor ich eine Silbe äußern konnte, um auf meine Anwesenheit aufmerksam zu machen, riss Fanny Christopher das Laken aus der Hand und begann, auf das Bett zu klettern und forderte ihren Ehemann auf, das Zimmer zu verlassen, er hätte nicht länger die Erlaubnis zuzusehen, wie sie mit Cristoforo schliefe.

Ich hörte einen Aufprall hinter mir. Später erfuhr ich, dass es Fran war, die beim Anblick Christophers, wie er in all seiner Pracht dastand, bevor er sich rasch vor Blicken schützte, ohnmächtig wurde und zu Boden fiel und Carlo sie nicht auffangen konnte. In meiner Wut vergaß ich völlig, was sich hinter mir abspielte. Mir lag nur noch daran, Christopher aus dem Fittleworth-Fiasko zu retten, daher ging ich direkt zu Fanny und, was dich zum Lachen bringen wird, packte sie an den Haaren und zerrte sie aus dem Bett, sie jaulte und war nicht in der Lage, etwas anderes zu tun, als ich verlangte, oder größere Schmerzen zu erleiden.

Fred machte eine Kehrtwende und kam zur Verteidigung seiner Frau, befahl mir, sie loszulassen, was ich tat, aber erst, als sie beide weit genug von meinem Sohn entfernt waren, der sich, sobald er von dem Paar befreit war, selbst beeilte, das Laken von der Brust bis zu den Schenkeln um sich zu wickeln.

Mich hatte ein solcher Zorn ergriffen, dass ich mich nicht genau erinnern kann, was ich zu ihnen sagte. Christopher erzählte es mir später. Ich beschimpfte sie wegen ihres schändlichen Verhaltens und drohte, dass ich sie beide in den Kanal werfen lassen würde und ihre Sachen mit ihnen, wenn sie es wagen sollten, je wieder das Zimmer meines Sohnes zu betreten. In der Tat, ich sagte, meines Sohnes, ohne noch einmal darüber nachzudenken, ob Christopher wünschen würde, dass ich unsere Beziehung so öffentlich bekanntgebe. Jedoch versicherte mir der liebe Junge, dass er unter diesen Umständen sehr erfreut war, dass ich es tat. Ist es nicht erstaunlich, Roxton, dass wir als Eltern so schnell zur

Verteidigung unseres Kindes eilen, ganz gleich, wie alt es ist? Es muss eine instinktive Reaktion sein. Ich sagte den Fittleworths auch, dass mein Sohn (schon wieder!) ihren Respekt verdiente und sie ihn als Gentleman zu behandeln hätten, da er das ist und dass er von den Mitgliedern der toskanischen Aristokratie immer so behandelt worden wäre. Und dass Fred, wenn er Konsul bleiben und gute Beziehungen zu seinen italienischen Amtskollegen pflegen wollte, ebenso wie Fanny besser vergessen sollte, dass diese Nacht je geschehen wäre, sie keiner lebenden Seele gegenüber je erwähnen sollten, und wenn ich auch nur ein Flüstern darüber hörte, würde ich persönlich an den Conte di Nobili schreiben, der ihren Mangel an Respekt und ihren Klatsch als persönlichen Affront gegen sich und seine Frau ansehen würde, die beide Christopher den größten Respekt erwiesen, solange er als Mitglied ihres Haushalts dort lebte. Dann schickte ich sie zu Bett mit der Maßgabe, dass sie am Morgen das Vergnügen haben würden, meinen Sohn Christopher kennenzulernen.

Sie verzogen sich daraufhin, aber nicht, ohne vorher Christopher und mir Entschuldigungen zugemurmelt zu haben. Dann scheuchte ich alle anderen aus dem Zimmer und als Christopher und ich allein waren, überwältigte mich alle aufgestaute Wut und Empörung und ich brach in Tränen aus. Er sagte, er könnte mich dafür nicht tadeln, ihm wäre selbst nach Weinen zumute, was dazu führte, dass ich mich gleich besser fühlte.

Am nächsten Morgen beim Frühstück erzählte Christopher mir bereitwillig seine Seite der nächtlichen Ereignisse. Er hatte bereits fest geschlafen, als etwas, er war sich nicht sicher, was, ihn weckte, und als er sich ruckartig im Bett aufsetzte, sah er die Fittleworths nebeneinander dastehen und im Kerzenlicht auf ihn herabsehen. Er schlief noch halb und fragte sich, ob er wohl einen Albtraum hätte. Dass sie ihn anlächelten, bestärkte ihn nur in dieser Überzeugung. Dann kam Fanny ohne Einladung zu ihm ins Bett, sagte, sie würde gerne seine Dienste in Anspruch nehmen und sie war sicher, es würde ihm nichts ausmachen, wenn ihr Mann als Zuschauer dabei bleiben würde. Christopher war im Begriff, beide zu enttäuschen, als Fanny anscheinend den Schock ihres Lebens bekam, als Fred sagte, er sei überhaupt nicht gekommen, um zuzuschauen, sondern er beabsichtige voll und ganz, sich zu beteiligen. Fanny lehnte empört ab und so eskalierte der Streit.

Ich muss Dir nicht sagen, dass ich, wäre es nicht um Christopher gegangen, es sehr amüsant gefunden hätte zu denken, dass Fanny von Freds Benehmen schockiert war und er von ihrem. Und als Christopher, der jetzt hellwach war und versuchte, versöhnlich auf die beiden einzuwirken, betonte, dass er in keiner Weise käuflich wäre, glaubte keiner von beiden ihm und das war das Einzige, worin das Paar sich einig war. Und als sie weiter stritten, gab Christopher jede Hoffnung auf eine Versöhnung auf und hoffte nur, dass ihr Zorn bald verrauchen würde, als ich in das Zimmer platzte, zusammen mit meinen Bediensteten, die Zeugen des Spektakels wurden.

Überrascht es Dich zu erfahren, dass die Fittleworths ihren Aufenthalt um eine Woche abkürzten und nur einen Tag und eine Nacht blieben, bevor sie wieder nach Florenz zurückkehrten? Da sie beide zerknirscht waren und nichts weiter über diese Nacht gesagt wurde, trennten wir uns höflich und Fanny nahm mich zu Seite und entschuldigte sich für ihrer beider Benehmen und dass ich eine überaus glückliche Frau wäre, einen so gut aussehenden und liebevollen Sohn zu haben. Ich hätte sie für aufrichtig gehalten, jedoch blinzelte sie mir zu und lächelte mich in einer Weise an, dass ich jetzt davon überzeugt bin, sie glaubt, dass in Wahrheit Christopher tatsächlich mein Liebhaber ist und ich ihn nur aus List meinen Sohn nannte, um die beiden von ihm fernzuhalten! Und weißt Du, Roxton, es kümmert mich nicht einmal mehr. Ich bin mit meinem Sohn versöhnt und wenn dieser Vorfall etwas bewirkt hat, dann, uns enger zusammenzubringen. Ich werde nach England abreisen, sobald Christopher mir Nachricht schickt, dass ich ihm folgen soll, und die Fannies und Freds sind für meine und auch für Christophers Zukunft unwichtig.

Richte Antonia liebe Grüße aus und wenn Du Fred das nächste Mal in Florenz siehst, bitte ich um Deine Diskretion, doch hast Du meine Erlaubnis, ihn so lange zu sticheln, bis er sich windet, aber ohne genau zu verstehen, worum es geht.

In Liebe,
Kate

Seine Gnaden, der hochedle [5.] Herzog von Roxton, Treat bei Alston, Hampshire, an Kate, Lady Paget, Brycecomb Hall bei Stroud, Cotswolds, Gloucestershire.

Treat
Februar 1772

Kate, liebe Freundin, sitzt du im Bett oder auf deiner Chaiselongue? Was immer Du auch tust, wo auch immer Du dies liest, bitte setze Dich hin, denn ich habe Neuigkeiten für Dich, die Dir einen Schock versetzen werden. Ich möchte nicht, dass Du umfällst oder zusammenbrichst und Dich verletzt.

Weißt Du, was ich entdeckt habe? Ich bin nicht unbesiegbar! Du wirst herzlich lachen, doch es ist wahr, dass mich das erschrocken hat. In der Tat bin ich nicht so gedankenlos, dass ich je angenommen hätte, es wirklich zu sein, doch ich tat mein Bestes, mich davon überzeugen, wenn auch nur, um meine irdische Existenz so lange auszudehnen, um hier bei Antonia und meinen Söhnen zu bleiben, so lange es physisch möglich war.

Kate, ich sterbe. Ich habe Krebs. Ich weiß nicht, wie viel Zeit mir noch bleibt. Meine Ärzte können nur raten und Vorhersagen treffen. Einige sind düsterer als andere. Einige versuchen, Hoffnung zu geben, wo es keine gibt. Alle schauen mich an, besorgt um ihren eigenen feinen Hals.

Ich habe es Antonia so lange verschwiegen, wie ich konnte. Doch sie wusste es. Sie sagte nichts und machte weiter, tut es immer noch, als würde ich leben, bis ich neunzig bin und noch länger! Nicht, dass sie glaubt, es wäre nicht wahr, doch sie will einfach nicht akzeptieren, dass ich sterben werde. Wie du siehst - und ich weiß, dass du ungläubig-belustigt darüber schnauben wirst - hält sie mich für unverwundbar. Das tat sie immer. Ich habe vor, es für immer zu bleiben, so lange es menschenmöglich für mich ist, meine Würde zu wahren, nur für sie.

Seit wie vielen Jahren kennen wir uns, Kate? Dreißig? Vierzig? Während einer Handvoll Jahre dieser Zeit waren wir Liebende und ich habe diese Zeit, die wir miteinander verbracht haben, immer geschätzt, ebenso wie unsere Freundschaft. Antonia wusste immer davon - ich habe keine Geheimnisse vor ihr - was bei meinem Charakter ironisch ist, denn er ist eigentlich verschwiegen, verschlossen und in der Öffentlichkeit selten demonstrativ, doch ich war unfähig, einen einzigen Gedanken vor ihr geheim zu halten, und wollte das auch nicht. Während ich dies an meinem Schreibtisch in der Bibliothek schreibe, sitzt sie zusammengerollt in ihren Lieblingssessel, sie weiß, dass ich an Dich schreibe, dass ich langsam sterbe und dennoch lässt sie weder die Familie noch mich je merken, dass sie innerlich an dem Wissen zerbricht, dass sie nicht mit mir zusammen alt werden wird; dass ich sie verlassen werde, lange, bevor einer von uns bereit wäre, sich vom anderen zu trennen.

Was Dich, meine liebe Freundin, angeht, ist mir das Herz leicht und ich kann Dich verlassen, weil ich weiß, dass Dein Sohn gut für Dich sorgt. Es freut mich unbeschreiblich, dass Du und er zusammengefunden habt und dass er nach Dir geschickt hat, damit Du bei ihm leben sollst. Ich weiß, wie unsäglich bitter Dein Verlust war, als er Dir buchstäblich von der Brust gerissen wurde, als Säugling, und Du gezwungen warst, in die Gesellschaft zurückzukehren und ihn Deiner Schwester zu überlassen.

Und ich bitte Dich um Verzeihung, dass ich zur damaligen Zeit Deinen Kummer und Deinen Verlust nicht voll verstanden habe. Obwohl ich versuchte, ein guter Zuhörer zu sein, Dir Trost und etwas Ablenkung als Dein Liebhaber zu bieten und Dir Hoffnung auf die Zukunft zu machen (sagte ich nicht voraus, dass Du eines Tages wieder mit Deinem Sohn vereint sein würdest und er wissen würde, dass Du seine Mutter bist?). Bis ich selbst Vater wurde und das kostbarste neue Leben in meinen Händen hielt, ein Leben, das Antonia und ich gemeinsam erschaffen hatten, hatte ich keine Vorstellung davon, was es bedeuten würde, all das zu verlieren. Mein Herz schmerzte und ich verspürte einen Stich akuten Schmerzes, als ich zusah, wie mein Sohn sich von seiner Mutter nährte, und ich daran dachte, dass Du Dein Kind im Alter von drei Monaten hattest weggeben müssen. Kate, bitte verzeih mir meinen Mangel an Verständnis für Deinen Verlust. Wenn ich mich vor Dir verneigen und Deine Füße küssen könnte, würde ich es tun.

Ich will hier nicht mehr schreiben, sondern Neuigkeiten und Klatsch einem fröhlicheren Brief überlassen. Und, Kate, lass uns diesen Krebs nicht wieder erwähnen. Lass uns weitermachen, wie wir es immer getan haben, einander Briefe schreiben, Klatsch erzählen und über die Dummheit anderer kichern, während wir die Fassade aufrecht erhalten, dass wir genau dies noch in zehn, zwanzig, nein dreißig Jahren tun werden. Glaube mir, das wird mich hundertmal besser fühlen lassen als jedes Wort des Trostes, das Du mir schicken könntest.

Schreibe mir und erzählte mir von Deinem Jungen und dem Leben in den Cotswolds und wie es um Deine Sehkraft steht. Ich werde ein neues Blatt beginnen und einen neuen Brief als vernarrter Vater und Großvater schreiben.

Bis dahin.

Wie immer, Dein Dich liebender Freund,
Roxton

Charlotte, die ehrenwerte Gräfin von Strathsay, Dower House, Fitzstuart Hall, bei Denham, Buckinghamshire, an Lady Mary Cavendish, Abbeywood bei Bisley, Gloucestershire.

Dower House, Fitzstuart Hall, bei Denham, Buckinghamshire
September 1777

Liebe Mary,

Ich habe seit über vierzehn Tagen nichts mehr von Dir gehört. Ich erhielt Deinen Brief, in dem Du mir von Deiner Rückkehr aus Treat schriebst und dass meine Enkelin sich wieder ihrer gewöhnlich guten Gesundheit erfreut. Ich verstehe noch immer nicht, wie Du bei Antonia bleiben konntest, während Deine Tochter in der Obhut dieses Mannes war, den Sir Gerald zu ihrem Vormund gemacht hat. Es ist eine Schande, dass er Deinem Kind nicht erlaubt, seine Verwandten zu besuchen. Ganz gleich, dass sie wegen einer Erkältung nicht imstande war, bei der Hochzeit ihres Onkels anwesend zu sein. Sie hätte später zu dir gebracht werden können, statt von ihm wieder in dieses Hinterland entführt zu werden.

Zweifellos hat Antonia Dir ihre schockierenden Neuigkeiten mitgeteilt. Ich hoffe, dass Du imstande warst, Deine Ungläubigkeit zu bezähmen und ein angemessenes Maß an Anstand zu zeigen und nicht, wie ich fürchte, angesichts ihres Zustandes ins

Schwärmen gerietst. Wir freuen uns natürlich alle für sie. Doch ich kann nichts von alledem gutheißen. Es übersteigt mein Verständnis, warum eine Frau von fast fünfzig Jahren sich auf körperliche Beziehungen einlassen wollte, am wenigsten mit einem zehn Jahre jüngeren, lustvollen Mann, der erwarten würde, seine Rechte im Ehebett auszuüben, wenn nicht in jeder Nacht, doch so oft, dass es mir vor Abscheu den Magen umdreht. In ihrem Alter ein Kind zu erwarten, ist nicht nur absurd, es ist extrem peinlich und außerdem gefährlich. Sie hätte nie zulassen dürfen, schwanger zu werden. Es war mehr als skandalös, als sie als junges Mädchen einen Mann heiratete, der alte genug war, um ihr Vater zu sein, und jetzt geht sie her und heiratet einen Mann, der zehn Jahre jünger als sie ist, sie bettelt förmlich um Ärger. Ich habe immer behauptet und ich denke, es wird unter unseren Verwandten unausgesprochen anerkannt, dass der Grund für die Fallsucht ihres zweiten Sohnes darin liegt, dass sein Vater ein alter Mann war, als er empfangen wurde und daher sein Samen zu alt war, um Antonia ein gesundes Kind zu schenken.

Daher kannst Du sehen, warum ich besorgt bin, dass Antonia jetzt zu alt sein könnte, um ihrem jüngeren Ehemann den Erben zu schenken, den er braucht. Dazu kommt die Sorge, dass das Kindbett für sie nicht leicht sein wird, doch größer ist die Befürchtung, dass es Kinder älterer Mütter gibt, die nicht ganz richtig im Kopfe sind. Besser, sie werden tot geboren als mit einer solchen Behinderung. Natürlich würde das Kind, wenn das der Fall ist, das Erbe nicht antreten können und das wäre das Ende des Herzogtums Kinross. Seine Gnaden ist ein Narr, dass er eine ältere Frau heiratet, während er nach einer hätte suchen müssen, die zehn Jahre jünger ist als er, um darauf vertrauen zu können, dass er dem Herzogtum einen Erben verschaffen könnte. Aber der Mann ist auch nicht ganz normal, oder?

Hast Du nicht innegehalten und Dich geärgert, dass Deine Cousine mit fast fünfzig Jahren schwanger ist, während Du, eine Frau, die zwanzig Jahre jünger ist als sie - und in der Tat warst Du während des größten Teils Deiner Ehe in den Zwanzigern - in zehn Jahren nicht imstande warst, mehr als ein Kind, noch dazu ein Mädchen, zu produzieren? Mit der Geburt dieses Kindes wird Antonia zwei Herzogtümern Erben geschenkt haben, keine geringe Leistung, und nur jemand wie sie, die bei allem, was sie tut, gesegnet ist, kann das erreichen. Gott sei Dank hat das Herzogtum Roxton einen zuverlässigen und stabilen Edelmann im sechsten Herzog. Wie ein lüsterner Wüstling und eine gefällige Nymphe einen solchen Sohn hervorbringen konnten, der hohe moralische Ansprüche und einen gesetzten Charakter hat, wird mir immer unverständlich bleiben. Doch das haben sie, gut für sie.

Mit der Braut deines Bruders habe ich mich fast abgefunden. Die neue Lady Fitzstuart hat ihre Fehler, und ich spreche nicht davon, dass sie ein Krüppel ist. Ich kann noch immer nicht begreifen und frage mich, wie ein so kräftiger, gesunder Mann wie Alisdair, der jede Frau hätte heiraten können, die ihm gefiel, sich ausgerechnet ein Mädchen mit Klumpfuß aussuchen musste. Seine Braut ist viel zu gebrechlich und zart und ich frage mich, ob ein so schwächliches Geschöpf überhaupt schwanger werden kann, geschweige denn, gesunde Kinder gebären. Und das muss sie, denn Strathsay braucht einen legitimen Erben. Und wenn sie keinen hervorbringt, liegt es nicht an deinem Bruder, nicht wahr, denn er hat ja bereits einen Sohn gezeugt. Und obwohl ich hasse, es zuzugeben und das nie ihm oder anderen gegenüber tun würde, ich wurde an Alisdair in diesem Alter erinnert, als ich den Jungen auf der Hochzeit sah. Er sieht seinem Vater sehr ähnlich, niemand könnte diese Vaterschaft bestreiten, obwohl ich das liebend gern tun würde, denn der

Anstand verlangt, dass er in der guten Gesellschaft nicht anerkannt wird. Warum Roxton ihm und seinen gewöhnlichen Großeltern erlaubte, an der Zeremonie teilzunehmen, ist mir immer noch ein Rätsel. Meiner Meinung nach hätten der Junge und seine Großeltern nicht die Kirche betreten dürfen, sondern sie hätten draußen bei den Dienern warten müssen, wohin sie gehören, und das wäre für alle völlig akzeptabel gewesen. Und hast du beim Hochzeitsfrühstück gesehen, wie der Junge frech zu der Braut Deines Bruders kam, als ob sie sich kennen würden? Sie war sehr höflich und ging gut mit der Situation um, was ihre gute Erziehung und seinen Mangel daran bewies. Ich wage zu behaupten, dass ich mich noch mehr mit meiner neuen Schwiegertochter abfinden werde, wenn sie erst einmal in anderen Umständen ist und Deinem Bruder einen legitimen Erben schenkt. Und ich habe keinen Zweifel, dass sie, als Shrewsburys Enkelin, uns noch alle überraschen wird und vielleicht bereits ein Kind erwartet. Und ich muss zugeben, dass das Aussehen täuschen kann, denn ich hätte geglaubt, dass jemand mit Deiner robusten Gesundheit und gebärfähigen Hüften in zehn Jahren hätte fünf Kinder gebären müssen, nicht nur das eine.

Lass mich zu erfreulicheren Themen zurückkehren als Deinem enttäuschend unfruchtbaren Zustand und Deiner andauernden Witwenschaft, die eine ständige Sorge für Deine Mutter ist. Hast Du es geschafft, mit Antonia oder Roxton über geeignete Freier zu sprechen? Es ist höchste Zeit, dass Du dich ernsthaft darum bemühst, einen Ehemann zu finden. Du kannst nicht für immer in Abbeywood bleiben. Es gehört Dir nicht und das hat es auch nie. Du hast ohnehin wenig Aussichten und Dein Aussehen, soweit man davon sprechen kann, wird mit jedem vergehenden Jahr mehr verblassen. Du darfst nicht egoistisch sein und zulassen, dass dieser Zustand andauert, wenn auch nur, um dafür zu sorgen, dass Deine Tochter eine Zukunft hat, selbst wenn Du keine hast. Mehr will ich zu diesem Thema nicht sagen.

Dieser Brief wird Dich erreichen, wenn ich schon bei meinen Vorbereitungen für meinen jährlichen Aufenthalt in Cheltenham für meine Gesundheit bin. Du hast in Deinem letzten Brief nicht nach meiner Gesundheit gefragt, was ich für ein Versäumnis deinerseits halten muss und was noch dazu pflichtvergessen ist. Denn ich frage immer nach Dir und Theodora, daher ist es nur recht und anständig, dass Du das Gleiche tust, vor allem, da Du weißt, dass ich mich in diesen Tagen wegen des Wechsels der Jahreszeiten nie besonders wohl fühle. Mein Rheuma ist schlimmer und wurde durch den Umzug in den Witwensitz noch verschlimmert. Es ist äußerst gefühllos von Deinem Bruder, mich so bald aus meinem Heim zu vertreiben. Daher werde ich ein wenig länger in Cheltenham bleiben, um den Reparaturen und anderen Arbeiten, die gemacht werden, um den Witwensitz so bequem wie möglich zu machen, aus dem Weg zu gehen. Die Frau Deines Bruders bot mir an, in der Hall zu bleiben, doch ich lehnte ab. Schließlich ist das jetzt ihr Heim und ich habe keine Ansprüche an etwas daran oder darin. Ich habe auch alles Wertvolle abgelehnt, obwohl sie gnädig sagte, ich könnte alles mitnehmen, wovon ich meinte, es würde den Witwensitz bewohnbarer machen. Aber nein. Nichts davon gehört mir, daher werde ich alles hinter mir lassen.

Und bevor ich es vergesse, Du brauchst in diesem Jahr nicht nach Cheltenham zu kommen. Lady Fitzstuarts Bruder und Schwägerin, Lord und Lady Grasby, sind ihrer Gesundheit wegen in Cheltenham. Sie ist auch schwanger, also kann wenigstens Shrewsbury sich darauf freuen, einen Erben für seine Nachfolge zu bekommen. Da Lady Fitzstuart Lady Grasby zusammen mit ihrem Großvater besuchen will, haben sie freundlicherweise angeboten, einen Umweg über Abbeywood zu machen, obwohl, warum sie den Wunsch haben sollten, diesen Teil der Welt zu besuchen, weiß ich nicht, und Theodora zu mir nach Cheltenham zu bringen. Daher siehst Du, dass es nicht nötig ist, dass Du mitkommst, und ich bin sicher, dass in ihrer Kutsche auch kein Platz für Dich wäre. Ich brauche Dich nicht und Theodora ist mit zehn Jahren alt genug, um ebenfalls ohne Dich auszukommen.

Ich erwarte so bald wie möglich eine Antwort auf diesen Brief. Und da Du sehr wenig hast, um Deine Zeit zu füllen, erwarte ich diese Antwort sehr bald und mit der Nachricht, dass Theodora darauf brennt, ihre Großmutter zu besuchen und Du es ihr völlig klar gemacht hast, dass sie allein kommen und ihre neue Tante sie hierher bringen wird, nicht Du.

Lass mich in Deinem Brief wissen, welche Fortschritte Theodora bei ihrem Unterricht in Benehmen und Tanz macht.

Mit mütterlicher Liebe,
Charlotte Strathsay

Seine Gnaden, der hochedle [6.] Herzog von Roxton, Treat bei Alston, Hampshire, an Mr. Martin Ellicott, Esq., Moran House, Bath Road, Avon.

Treat

23. Dezember 1777

Lieber Martin,

Ich vertraue darauf, dass Du Deine Sachen gepackt hast und nur noch darauf wartest, dass meine Kutsche kommt, um Dich abzuholen, denn nach der Lektüre dieser kurzen Nachricht sollst Du umgehend hierher gebracht werden, um unser großartigen Nachrichten zu erfahren und mit uns zu feiern.

Mama wurde früher als erwartet ins Kindbett gebracht - noch dazu zur Wintersonnenwende, von allen Nächten - und von einer gesunden Tochter entbunden! Ich habe eine Schwester! Mutter und dem Kindchen geht es sehr gut, und wie Du Dir vorstellen kannst, ist die große Last der Sorge, die ich während der ganzen Schwangerschaft auf mir ruhen fühlte, verschwunden. Dass ich bei Deb nie dieses Gefühl hatte, außer zu Beginn ihrer Wehen, muss an der guten Gesundheit meiner Frau und ihren problemlosen Schwangerschaften liegen. Wofür ich Gott dankbar bin, denn es scheint, dass wir dazu bestimmt sind, eine große Familie zu haben, und das gefällt uns ausgezeichnet.

Doch Du weißt, nicht wahr, *mon parrain*, besser als jeder andere lebende Mensch, dass *mamans* Schwangerschaften alles andere als problemlos waren.

Wie zu erwarten war, ist Kinross außer sich vor Glück und Erleichterung, weil seine Herzogin außer Gefahr ist und er wieder Vater ist. Und da beide Elternteile sich sehr eine Tochter wünschten, wurde ihr größter Wunsch erfüllt. Es trifft sich recht gut, dass Kinross ein Herzog nach schottischem Recht ist, denn meine kleine Schwester wird eines Tages den Titel erben und Herzogin aus eigenem Recht sein, denn gemäß dem schottischen Recht ist nicht der älteste Sohn, sondern ‚der leibliche Erbe', also jedes Kind, egal ob männlich oder weiblich, der Erbe eines schottischen Edelmannes. Ich weiß, dass Du über diese für *mamans* Tochter überaus zufriedenstellende und passende Regelung ebenso froh sein wirst wie wir.

Aus diesem Grund beginnt meine kleine Schwester ihr Leben mit dem großartigen Titel einer Marchioness von Leven, Erbin des Herzogtums Kinross, geliebt von ihren herzoglichen Eltern, Schwester eines englischen Herzogs, der auch der Sohn eines Herzogs ist. Ihr Leben ist vom ersten Tage an gesegnet. Sie hat eine robuste Gesundheit, schreit kräftig und hat einen Schopf dunkler Haare, der mich an Frederick bei seiner Geburt erinnert.

Obwohl ihre Neffen und Nichten erst noch ihre Bekanntschaft machen müssen, weiß ich, dass sie ebenso in sie vernarrt sein werden wie ihre Eltern und ihre Brüder.

Die kleine Lady Leven muss ihre Vornamen erst noch erhalten, da *maman* und Kinross immer noch unter sich über diese verhandeln, doch ich hoffe, dass sie, wenn Du erst ankommst und mit Sicherheit, bevor die Taufe stattfindet, eine Reihe schöner Namen haben wird.

Ich schließe hier, denn ich kann es nicht erwarten, dass Du Dich uns anschließt und das neueste Mitglied der Familie kennenlernst.

In Liebe,
Julian
R x

Evelyn Gaius Ffolkes, der sehr ehrenwerte Earl of Streatham Ely, an Lady Mary Fitzstuart Cavendish.

[Nicht datiert, aber vermutlich einige Zeit vor Dezember 1777 geschrieben. Eine handschriftliche Notiz, die dem gefalteten Pergament beigefügt ist, besagt: Persönlich von Ihrer Gnaden, der Herzogin von Kinross, an ihre Cousine, Lady Mary Cavendish, übergegeben.]

Meine liebe süße Mary,

Du wirst immer meine erste Liebe sein und die Liebe meines Lebens. Das weißt Du, nicht wahr? Ich habe viele Geliebte gehabt. Ich habe sogar einmal geglaubt, in Deb verliebt zu sein und versucht, mit ihr durchzubrennen, und das, bevor ich wusste, dass sie bereits mit Julian verheiratet war, und ich liebte sie auch. Und eine Weile war ich mit einem harmlosen, hübschen Geschöpf verheiratet, das etwas Besseres verdient hätte und bei dem Versuch, mir ein Kind zu schenken, starb. Und dennoch, sollte mein Herz, dieses schwarz gewordene, emotional geschrumpfte Organ, überhaupt noch schlagen, dann für Dich, und das wird es immer tun.

Nichts hat sich geändert, seit wir vierzehn waren und uns zum ersten und einzigen Mal küssten. Ich wünschte, ich hätte Dich

vor einer lieblosen Ehe mit diesem Schwein Gerald bewahren
können. Abgesehen davon, dass ich Dich nicht geheiratet habe,
bedauere ich in meinem Leben, soweit es Dich betrifft, am meisten, nicht den Mut gehabt zu haben, Dich aus Deinem Elend zu
erlösen, indem ich Geralds Leben beendete. So viele Male stellte
ich mir vor, wie ich ihn töten würde, und tat doch nichts. Bis ich
dazu imstande gewesen wäre, war ich Gefangener in einem weit
entfernten Land, unfähig, Dir etwas anderes als Gebete anzubieten. Dass Gerald schoss und sich selbst dabei tötete ist ein
passendes Ende für ein solches Schwein von einem Mann, und
wenn es nach mir ginge, hätte das früher geschehen dürfen. Vielleicht hätte ich, wenn er noch am Leben gewesen wäre, als ich
endlich meine Freiheit wiedererlangte, einen Weg gefunden, seine
elende Existenz zu beenden, um Dich zu befreien.

Meine Gedanken schockieren Dich, doch sie überraschen Dich
nicht, nicht wahr? Du hast meine Selbstsucht immer gekannt
und mir verziehen, meine eigensüchtige, leidenschaftliche Natur,
meine Unmoral. Ich weiß, dass ich der egoistischste und unmora-
lischste Mensch bin, der mir je begegnet ist. Kurz gesagt, ich bin
kein netter Mensch. Manchmal bin ich hassenswert. Ich habe
kein Gewissen und meine Moral ist fragwürdig. Kein Wunder,
dass Shrewsbury mich rekrutiert hat. Denn ich bin ein ausgezeichneter Spion, nicht wahr? Ich habe Dinge getan, schreckliche
Dinge, alle unter dem Vorwand, sie für König und Vaterland zu
tun. Dinge, die dich zum Weinen bringen und an mir verzweifeln
lassen würden. Doch ich hatte keine Gewissensbisse dabei und
würde alles wieder tun, wenn ich dazu aufgefordert würde. Es ist
gut, dass ich weder Frau noch Kinder habe, die vor Verzweiflung
über meine Verderbtheit weinen würden. In Wahrheit war Domi-
niques Tod im Kindbett ein Segen für sie und unsere Kinder.

Meine einzige Rettung ist meine Musik. Zu denken, dass ich so
wundervolle Musik komponieren kann, dass sie die Sinne rührt,

erfüllt mich mit Ehrfurcht. Dass ich nicht länger das, was ich komponiere, mit meiner gewöhnlichen Brillanz auf dem Klavier oder meiner Bratsche spielen kann, nachdem ich durch meine schändlichen Handlungen ein paar Fingerglieder eingebüßt habe, ist eine passende Strafe, nicht wahr?

Doch ich lüge. Noch etwas anderes rettet mich. Dich eines besseren Mannes zuliebe aufzugeben.

Ich könnte Dich zur Gräfin machen, Dir alles geben, was Dein Herz begehrt, und Du und ich könnten in Seide und Parfüm in der Gesellschaft herumtänzeln, jeder würde uns ehrfürchtig betrachten und wir würden glücklich sein, eine Zeit lang. Doch Du verdienst mehr als das, was ich zu bieten habe. Du verdienst einen Mann, der Deiner würdig ist. Daher wirst du deinen gutaussehenden Squire heiraten und selig glücklich sein, meine liebste Mary.

Christopher Bryce ist alles was ich nicht bin. Das einzige, was wir gemeinsam haben, ist, dass wir dich mit Leib und Seele lieben. Er ist ehrlich, moralisch, mutig, aufrichtig, ehrenwert und ich sehe, dass er dich von ganzem Herzen liebt. Ich würde Dich keinen geringeren Mann heiraten lassen. Er wird ein hervorragender Ehemann für Dich und ein vorbildlicher Vater für Deine Tochter Theodora und die Kinder, die Du ihm schenken wirst, sein. Und Du wirst ihm Kinder schenken, davon bin ich überzeugt. Ihr verdient einander, und ich wünsche Euch alles Glück auf Erden.

Bitte, liebste Mary, weine nicht um mich, sorge Dich nicht um mich, oder denke überhaupt an mich. Lebe Dein Leben mit Deinem Squire. Zünde an meinem Geburtstag eine Kerze an, wenn Du das möchtest, aber das ist alles, was Du tun sollst. Ich werde mein Leben leben, so gut ich kann, und in der gleichen egoistischen Art und Weise, wie ich es jetzt seit vielen Jahren getan habe, da es die einzige Art und Weise ist, wie ich zu leben verstehe oder leben möchte. Es gab einen Augenblick des Wahns, als ich dachte, ich könnte fähig sein, mich niederzulassen, zu leben, wie Du es tust, wie meinesgleichen es tun. Doch das soll nicht sein. Glaube nicht, dass ich Dich oder meine familiären Bande je vergessen werde. Doch ich werde meine Neugier nur aus der Ferne stillen. Werden wir uns wiedersehen? Natürlich, mein Schatz. Doch ich kann nicht sagen, wann, oder unter welchen Umständen. Ich hoffe, es wird sein, bevor ich zu alt und gebeugt bin, um noch jemandem von Nutzen sein zu können.

Übermittele Silvanus (Dein Squire wird wissen, was ich meine, und es ist als Ausdruck der Zuneigung gemeint) meine Grüße.

Ich küsse Deine Fingerspitzen und welche Liebe ich zu geben habe, sie gehört Dir, auf immer.

Eve

Mr. Christopher Bryce, Brycecomb Hall bei Stroud, Gloucestershire, an Seine Gnaden, den hochedlen [6.] Herzog von Roxton, Treat bei Alston, Hampshire.

Brycecomb Hall bei Stroud, Gloucestershire
8. Juli 1778

Mein lieber Herzog – Roxton,

Lady Mary hat mir einen Sohn und Erben geschenkt. Eine ziemlich knappe Nachricht, die in keiner Weise ausdrückt, was ich in diesem Moment fühle und zweifellos in nächster Zukunft fühlen werden. Ich hatte nie erwartet, obwohl ich es immer hoffte, einmal Vater zu werden, ebenso, wie ich nie erwartete, sondern nur davon träumte, Eure Cousine zu heiraten. Dass beides nun eingetreten ist, hinterlässt mich ebenso benommen wie der Tag, an dem Ihr meine Hand nahmt und mich in der Familie willkommen hießet und mich als Verwandten Eurer geliebten Frau anerkanntet. Es scheint ein Leben lang her zu sein, obwohl weniger als zwölf Monate darüber vergangen sind. Und wenn ich so kühn sein darf hinzuzufügen, dass ich Euch seit jenem ersten Besuch in Treat besser kenne (eigentlich kannte ich Euch zuvor überhaupt nicht, nicht wahr?), so dass es scheint, jedenfalls für mich, dass wir schon unser ganzes Leben lang Freunde waren. Ich hoffe, Ihr empfindet dasselbe wie ich.

Verzeiht mir. Ich hatte in den letzten Tagen, seit mein Sohn in diese Welt getreten ist, wenig Schlaf, daher verschwende ich zweifellos Tinte, indem ich das Durcheinander niederschreibe, das in meinem Kopf tobt. Ich weiß, dass meine Nachricht für Euch nicht neu ist, denn ich habe Ihrer Gnaden, Eurer Mutter, eine kurze Botschaft geschickt, die die Ankunft unseres Kindchens nur Stunden nach seiner Geburt verkündete. Doch wollte ich Euch privat in einem separatem Brief schreiben, um meine Gedanken als frischgebackener Vater zu teilen, mit einem, der so großzügig seine Weisheit über das Vaterwerden mit mir teilte, und noch wichtiger, wie ich mich während der Entbindung meiner Frau verhalten müsste, wenn sie mich in diesen Stunden bei sich zu haben wünschte.

Sie wollte mich tatsächlich um sich haben, was mich mit einer Mischung aus Erleichterung und Schrecken erfüllte. Doch ich bin stolz, berichten zu dürfen, dass ich während der gesamten Tortur bei meiner geliebten Mary blieb und Eure Ratschläge buchstabengetreu befolgte. Und dank Eures weisen Rats schaffte ich es, mit auf die Zunge zu beißen, bis ich gebeten wurde zu sprechen, schweigend jede verbale Beleidigung zu akzeptieren, die meine Frau mir im Augenblick größten Schmerzes an den Kopf warf, und Ermutigung bot, wenn es sicher war, dies zu tun.

Ich scheue mich nicht, es Euch zu sagen, und vielleicht wird diese Haltung sich mit der Zeit ändern, aber ich glaube nicht, dass ich eine solche Episode noch einmal mit der gleichen unerschütterlichen Haltung durchmachen könnte. Ich bin ein Feigling, wenn es darum geht, mein liebstes Herz in solcher Not zu sehen. Doch welch mächtige Geschöpfe sind Frauen, dass sie fähig sind, die Qualen und Schmerzen der Geburt zu ertragen, um uns neues, kostbares Leben zu gebären. Habe ich eine Träne vergossen? Auf jeden Fall. Und das sage ich Euch nur, weil Ihr so großmütig wart, mir anzuvertrauen, dass Ihr das bei der Geburt all Eurer Kinder getan habt.

Danke, dass Ihr Eure Weisheit mit mir geteilt und mir Euer Vertrauen geschenkt habt. Und darf ich der erste sein, Euch zu Eurer Vermutung (die sich sicherlich inzwischen bestätigt hat) zu gratulieren, dass Ihr im neuen Jahr zum sechsten Mal Vater werden sollt? Ich werde den Brief Eurer lieben Frau an Mary abwarten, bevor ich mich angemessen überrascht angesichts dieser Neuigkeit zeigen werde.

Um Euch ein wenig über unseren Kleinen zu erzählen, er hat die prächtigen Farben seiner Mutter geerbt. Es liegt in der Familie, nicht wahr, denn auch Euer Sohn Lord Augustus hat einen Schopf roter Locken, und Mary sagt, ihre Großmutter (die ja auch die Großmutter Eurer lieben Mutter ist), wäre für ihre roten Haare bekannt gewesen. Und obwohl es in Treat kein Porträt der Gräfin von Strathsay gab, dass sie mir hätte zeigen können, gibt es eines in Fitzstuart Hall, das ich mir sicher ansehen werde, wenn wir dort zu Besuch sind.

Wenn es Mary und dem Baby gut geht, wollen wir am Ende des Sommers nach Buckinghamshire reisen, um einen Monat als Gäste von Lord und Lady Fitzstuart in Fitzstuart Hall zu verbringen, damit unsere Familien sich besser kennenlernen und wir zum ersten Mal ihre kleinen Zwillinge sehen können. Ich erwähne dies hier, weil Mylady an Mary schrieb, dass zwar ihr Sohn einen ebenso schwarzen Haarschopf hätte wie sein Vater, ihre Tochter blond wäre, vielleicht mit einem Hauch von Rot. Diese Nachricht war Musik in Teddys Ohren und sie ist entschlossen, ihren eigenen Club unter ihren Verwandten zu gründen, dessen Eintrittsvoraussetzung, Ihr werdet es erraten, rote Haare sind, oder doch ein Hauch dieser Farbe. Ich denke, zwei Eurer Nachkommen werden sofort zugelassen werden.

Ihr könnt Euch Teddys Reaktion vorstellen, als sie erfuhr, dass ihr kleiner Bruder rote Haare hat. Sie war über diese Tatsache aufgeregter als darüber, einen Bruder zu haben, wobei es das war, was sie sich am meisten wünschte, weil sie ihm würde beibringen können, auf Bäume zu klettern und ein Pony zu reiten, damit, wie sie es ausdrückte, ‚David und ich nach Belieben herumstreifen können'. Musstet Ihr darüber ebenso in Euch hineinlachen wie ich, Euer Gnaden?

Ich überlasse es Euch, über die überschwänglichen Äußerungen Eurer Nichte den Kopf zu schütteln, um wieder an die Seite meiner Frau zurückzukehren, wo ich hoffe, meinen Sohn halten und ihn in zufriedener Dumpfheit anstarrten zu dürfen, wie es wohl alle neuen Väter angesichts des Wunders des Lebens tun.

Aufrichtig der Eure,
Christopher C. Bryce

PS. Ihr erkundigt Euch nach dem Wollertrag eines Cotswold-Lions, ebenso wie nach der Möglichkeit, den Lion eventuell mit einem Leicester Widder zu paaren in der Hoffnung, die Qualität des Körpers zu verbessern. Ich werde über Letzteres nachdenken und Euch über dieses und andere Themen, die Ihr erwähntet, in einem gesonderten Schreiben antworten. Was das Erstere angeht, ein Schaf kann jährlich ein Vlies von etwa zwölf Pfund weißer Wolle produzieren. Wie Ihr seht, hat die Vaterschaft mein Gehirn noch nicht vollständig erweicht ... dennoch!

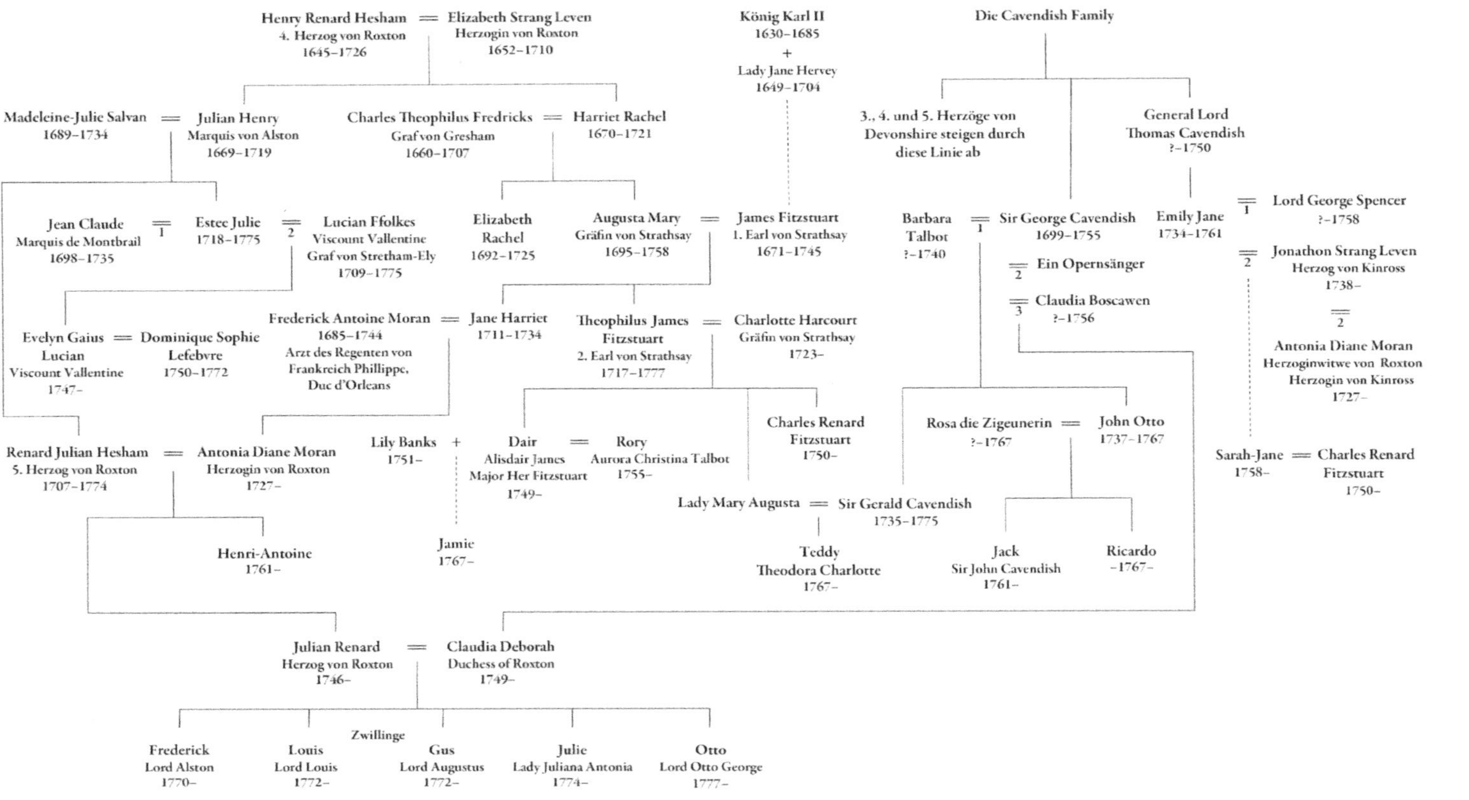

Henry Renard Hesham
4. Herzog von Roxton
1645–1726

Elizabeth Strang Leven
Herzogin von Roxton
1652–1710

König Karl II
1630–1685
+
Lady Jane Hervey
1649–1704

Die Cavendish Family

Madeleine-Julie Salvan
1689–1734

Julian Henry
Marquis von Alston
1669–1719

Charles Theophilus Fredricks
Graf von Gresham
1660–1707

Harriet Rachel
1670–1721

3., 4. und 5. Herzöge von
Devonshire steigen durch
diese Linie ab

General Lord
Thomas Cavendish
?–1750

Jean Claude
Marquis de Montbrail
1698–1735

1

Estee Julie
1718–1775

2

Lucian Ffolkes
Viscount Vallentine
Graf von Stretham-Ely
1709–1775

Elizabeth
Rachel
1692–1725

Augusta Mary
Gräfin von Strathsay
1695–1758

James Fitzstuart
1. Earl von Strathsay
1671–1745

Barbara
Talbot
?–1740

1

Sir George Cavendish
1699–1755

2

Ein Opernsänger

3

Claudia Boscawen
?–1756

Emily Jane
1734–1761

1

Lord George Spencer
?–1758

2

Jonathon Strang Leven
Herzog von Kinross
1738–

2

Antonia Diane Moran
Herzoginwitwe von Roxton
Herzogin von Kinross
1727–

Evelyn Gaius
Lucian
Viscount Vallentine
1747–

Dominique Sophie
Lefebvre
1750–1772

Frederick Antoine Moran
1685–1744
Arzt des Regenten von
Frankreich Phillippe,
Duc d'Orleans

Jane Harriet
1711–1734

Theophilus James
Fitzstuart
2. Earl von Strathsay
1717–1777

Charlotte Harcourt
Gräfin von Strathsay
1723–

Renard Julian Hesham
5. Herzog von Roxton
1707–1774

Antonia Diane Moran
Herzogin von Roxton
1727–

Lily Banks
1751–

+

Dair
Alisdair James
Major Her Fitzstuart
1749–

Rory
Aurora Christina Talbot
1755–

Charles Renard
Fitzstuart
1750–

Rosa die Zigeunerin
?–1767

John Otto
1737–1767

Sarah-Jane
1758–

Charles Renard
Fitzstuart
1750–

Lady Mary Augusta

Sir Gerald Cavendish
1735–1775

Henri-Antoine
1761–

Jamie
1767–

Teddy
Theodora Charlotte
1767–

Jack
Sir John Cavendish
1761–

Ricardo
–1767–

Julian Renard
Herzog von Roxton
1746–

Claudia Deborah
Duchess of Roxton
1749–

Zwillinge

Frederick
Lord Alston
1770–

Louis
Lord Louis
1772–

Gus
Lord Augustus
1772–

Julie
Lady Juliana Antonia
1774–

Otto
Lord Otto George
1777–

BRIEFE ZU DER SOHN DES SATYRS

DER SOHN DES SATYRS, BRIEF I

Seine Gnaden, der hochedle [5.] Herzog von Roxton an Lord Henri-Antoine Hesham.

[Vermutlich im Dezember 1772 geschrieben und dem zwölfjährigen Sohn Seiner Gnaden nach dem Tod des Herzogs Anfang 1774 übergeben.]

Mein liebster Junge – mein Sohn,

Zu meinem größten Kummer werde ich es nicht erleben, Dich zu dem feinen jungen Gentleman heranwachsen zu sehen, von dem ich schon weiß, dass du es bist. Ich wollte dich nie verlassen. Ich wollte nie einen Tag fern von dir verbringen. Und ich habe keinen einzigen Moment bereut, den ich über Dich wachte oder den ich an Deiner Seite verbrachte, wann immer Du mich dort brauchtest.

Maman und ich haben viele Jahre auf Deine Ankunft gewartet, und als Du endlich kamst, waren wir unsäglich glücklich. Du hast uns solche Freude geschenkt. Du warst so erwünscht und geliebt. Bitte vergiss das nie.

Ich wünschte, ich hätte das Leben noch ein wenig länger fest-halten können, um mich um Dich zu kümmern, Dich zu schützen und zu bewachen und Dir zu helfen, besser zu verstehen, dass in jedermanns Leben eine Zeit kommt, vom Straßenfeger bis zu Seiner Majestät, wenn wir von dieser irdischen Existenz zur nächsten wechseln müssen, um im Königreich des Himmels willkommen geheißen zu werden. Doch dies zu tun bedeutet, unsere Liebsten - Dich - zu verlassen, die ohne uns weiterleben müssen.

Bitte verzeihe Deinem Vater einen Augenblick, während er noch aus dem Grab heraus seine Herzogskrone trägt, dass er Dir, seinem Sohn, seine vier Maximen ans Herz legt: Bemühe Dich, Deine Gefühle in der Öffentlichkeit zu beherrschen. Liebe und Lachen sollten wenigen Privilegierten vorbehalten bleiben. Arroganz ist das Vorrecht eines Adligen, aber ein wahrer Gentleman entscheidet sich, demütig zu sein, wenn die Umstände es erfordern. Vergiss nie, dass Du mein Sohn bist; andere werden es nicht.

Ich lache in mich hinein, wie ich dies schreibe, denn ich bin sicher, dass Du die Augen verdrehst und Dich bei Deinem lieben Papa beklagen möchtest, dass Du diese Maximen gut genug kennst und sie nicht vergessen hast und sie kaum je wirst vergessen können, weil ich sie Dir oft genug eingeprägt habe, vor allem vor unseren Besuchen in Versailles. Und ja, Du hast *maman* und mich immer sehr stolz gemacht. So! Genug der väterlichen Belehrungen.

Obwohl ich Dich noch um einen letzten Gefallen bitten muss, und dies, damit Du es in diesen Tagen beherzigst: Nichts von allem, was um Dich herum geschieht - mein Dahinscheiden, die Trauer deiner *maman*, Julians Kummer - ist Deine Schuld.

Sagte ich Dir nicht viele Male, dass meine Krankheit nichts mit Dir zu tun hätte? Und das musst Du glauben, denn es ist die Wahrheit. Wahr ist jedoch auch, dass Dein Leben nie wieder dasselbe sein wird, wie das Leben, das Du hattest, während es

Deinem Papa noch gut ging. Du wirst sehr lange traurig sein. Das ist nur natürlich. Und sehr lange werden auch *maman* und Julian nicht sie selbst sein. Es ist völlig akzeptabel, wenn Du Tränen vergießt und dich fragst, ob die Welt ein wenig verrückt geworden ist.

Doch ich verspreche Dir, wenn die Jahre vergehen und Du größer und stärker wirst, wird das Leben wieder zu einer Art Normalität zurückkehren und Du und Jack (der der beste Freund ist, den du finden könntest), werdet wieder sorglos sein und das Leben voll genießen können.

Das ist es, was Du tun musst, für mich, für *maman*, für Julian, für Jack, und am wichtigsten, für Dich selbst - lebe und genieße Dein Leben. Ich weiß, dass Du mich niemals vergessen wirst, dass ich nie weit von Deinen Gedanken entfernt sein werde und dass es Zeiten geben wird, ruhige Momente und Augenblicke der Stille, in denen Du in Deiner Brust das bedrückende Gewicht unerträglicher Traurigkeit spüren wirst. Du wirst schluchzen, bis jeder Atemzug schmerzt und Du wirst Dich fragen, wie das Leben so grausam sein konnte, Dir Deinen liebsten Papa zu früh zu entreißen.

Und wie könnte Dein Papa wohl wissen, wie es sich anfühlt, verlassen und einsam zu sein, als treibe man orientierungslos auf rauer See herum und um dich herum ist nichts als ein riesiger, schwarzer Ozean, und das nur, weil Dein Papa nicht an Deiner Seite ist, um Dich in einen sicheren Hafen zu lenken?

Ich weiß dies, weil ich in Deinem Alter war, als ich meinen eigenen lieben Papa verlor, unter den tragischsten Umständen. Ich trieb auf diesen riesigen dunklen Ozean hinaus. Und während die Umstände seines Todes anders waren, war die Erfahrung doch nicht weniger erschütternd und in mancher Hinsicht - und dies magst Du vielleicht nicht glauben, denn wie könnte es größeren

Kummer als Deinen geben? - war es weit schlimmer, wegen dem, was nach seinem Tod geschah.

Daher möchte ich diese Erfahrung mit Dir teilen, indem ich Dir eine letzte Geschichte erzähle. Wie könnte Dein Papa Dich verlassen, ohne Dir noch eine letzte Geschichte zu erzählen? Du warst ein ausgezeichneter Zuhörer und ein Publikum für die fantastischen Geschichten Deines Papas über seine fehlgeleitete Jugend, ob ich sie Dir auf Englisch oder auf Französisch erzählte. Diese Stunden, während Du auf einem Sofa lagst, um Dich zu erholen, gewährten mir die Muße und die Gelegenheit, mich an viele meiner Abenteuer zu erinnern, über mein Leben nachzudenken, und ich danke Dir für diese Zeiten.

Also habe Geduld mit Deinem lieben Papa, wenn er Dir von sich erzählt, als er zwölf Jahre alt war.

In dieser Geschichte will ich mich Renard nennen, was der Name ist, den meine Eltern mir gaben, und bei dem *maman* mich nennt, wenn wir allein sind. Dies wird es mir leichter machen, solche traumatischen Ereignisse zu erzählen, denn während Dein Bruder und Martin zwar von dieser Episode wissen, habe ich meine innersten Gedanken und die letzten Einzelheiten nur mit deiner *maman* geteilt. Nun möchte ich sie auch Dir anvertrauen. Ich hoffe, wenn Du älter bist, vielleicht viele Jahre in der Zukunft, wenn Du diesen Brief wieder in die Hand nimmst, wirst Du diese Geschichte erneut lesen und das mit größerem Verständnis und daher Erkenntnis dessen, warum ich sie Dir anvertraute.

Die Geschichte beginnt vor über einem halben Jahrhundert, in unserem *hôtel* in der Rue St. Honoré. Dort lebte Renard als kleiner Junge mit seinen Eltern und der kleinen Schwester. Auch sonst war es wie bei unserer Familie. Eltern, die einander liebten, mit einem Sohn, der lange Jahre ein Einzelkind war, bevor ein weiteres Geschwisterchen alle mit seiner Ankunft überraschte. Und durch die Ankunft des Kindchens kamen viele Menschen mit Geschenken in das Haus und gurrten über dem Säugling. Es gab Gesellschaften und Feierlichkeiten im Haus und Tagesausflüge aufs Land, um den Säugling mitzunehmen und alternden Verwandten vorzustellen.

Renard liebte seine winzige Schwester, doch er schmollte, weil sie so viel Zeit seiner Eltern in Anspruch nahm und die Aufmerksamkeit dieser wichtigen Verwandten hatte. Sein Papa sah dies und wünschte, es wieder gut zu machen. Daher bot der Papa an einem Tag, als die kleine Schwester etwa neun Monate alt war, Renard an, ihn auf eine Jagdpartie von einer Woche im Wald von St. Germain zu begleiten. Doch Renards Mama wollte nichts davon hören, sie sagte, die Jagd wäre zu gefährlich und kein Platz für einen kleinen Jungen. Ob Renards Papa den Verstand verloren hätte? Er hatte nur einen Sohn und Erben. Es war genug, dass sie sich Sorgen machen musste, weil ihr Ehemann seinen Hals riskierte, ohne dass ihr Sohn auch den seinen aufs Spiel setzte.

Ganz gleich, wie lange und laut Renard um die Erlaubnis bettelte, seinen Papa begleiten zu dürfen, seine Mama wollte ihre Meinung nicht ändern. Renard sagte, wenn sein Papa ihn wirklich liebte, würde er ihn mitnehmen, ungeachtet der Einwände seiner Mama. Aber sein Papa wollte nicht nachgeben und sagte Renard, dass es das Beste wäre, bei seiner Mama und seiner kleinen Schwester zu bleiben; war er nicht der Mann des Hauses, solange sein Papa von zu Hause fort war? Er würde sich bis zur Rückkehr seines Papas um seine Familie kümmern müssen.

Renard ließ sich nicht beschwichtigen und fauchte, dass sein Papa ihn überhaupt nicht liebte. Noch dazu erklärte er, dass er seine beiden Eltern gleichermaßen hasste. Diese Worte sollte Renard den Rest seines Lebens bereuen.

Von einem Fenster hoch oben im *hôtel* beobachtete Renard das Treiben im Stallhof, als sein Papa und dessen Männer sich fertigmachten. Stallburschen stellen die Pferde bereit und eine Kutsche wurde mit Dienern und Vorräten beladen, um ihren Herrn auf seinem einwöchigen Abenteuer zu begleiten. Er sah, wie seine Mama herauskam, um seinen Papa zu verabschieden, und sein Papa gab ihr und seiner Schwester einen Abschiedskuss. Dann schaute sein Papa zu dem Fenster hinauf, lächelte und winkte. Doch es war Renard so peinlich zu denken, dass sein Papa die ganze Zeit gewusst hatte, dass er dort stand, dass er zurückwich, ohne ebenfalls zu winken. Und als er wieder zum Fenster eilte, seinen Trotz bereute, waren sein Papa und dessen Männer bereits unter dem Torbogen hindurch und außer Sichtweite.

Dies war das letzte Mal, dass Renard seinen Vater lebend sah.

Renards Papa starb auf dieser Jagd, er fiel vom Pferd und brach sich den Hals. Es war ein rascher, schmerzloser Tod und er war fort, einfach so, in einem Wimpernschlag, und ließ eine untröstliche junge Frau, einen zwölfjährigen Sohn und eine winzige Tochter zurück. Und nun war Renard mit zwölf Jahren das Oberhaupt seiner Familie und verantwortlich für seine Mama und seine kleine Schwester. Doch er bekam nicht viel Gelegenheit, diese neu erworbene Reife zu nutzen, denn nur drei Monate nach dem Tod seines Vaters, während die Familie noch in Trauer war, kamen mitten in der Nacht Fremde im *hôtel* an, die Renard mitnehmen wollten, damit er bei seinem Großvater im weit entfernten England leben sollte.

Renards Mama, ihre französische Familie und ihre Anwälte waren machtlos, dies zu verhindern. Durch den Tod seines Papas war Renard jetzt der Erbe des Herzogtums seines englischen Großvaters. Und weil er der Erbe dieses Herzogtums war, hatte sein Großvater Rechte an ihm. Renard hatte diesen alten Mann nie kennengelernt, er verstand nur sehr wenig von der englischen Sprache, und er hatte nie das Land der Geburt seines Vaters besucht. Vor allem aber war er nie von seiner Mutter fort gewesen.

Das bedeutete den Fremden, die aus England gekommen waren, um ihn zu holen, jedoch nichts. Renard wurde mit Gewalt aus seinem Heim gerissen, in der Tat aus den Armen seiner Mutter. Die Diener liefen verzweifelt umher, seine Mutter jammerte wie ein verwundetes Tier, als ihr Sohn weggezerrt und in eine Kutsche gesteckt wurde. Renard trat um sich und schrie und versuchte alles in seiner Macht Stehende, sich von seinen Entführern zu befreien, aber ohne Erfolg. Er schlug in der Kutsche um sich, entschlossen zu entkommen, und als sie seine Hysterie nicht bändigen und ihn nicht mit Worten beruhigen konnten, fielen diese Männer über ihn, der nur ein dünner, kleiner Junge war, her und schlugen ihn, bis er ruhig war. Dann wurde er gefesselt, so dass er sich überhaupt nicht länger bewegen konnte, und ein Tuch wurde zwischen seine Zähne und um seinen Kopf gebunden, dass er keinen Ton mehr von sich geben konnte. Vor Schrecken nässte Renard seine Hose und schämte sich so sehr, weil er die Kontrolle über seine Würde verloren hatte, dass er in Ohnmacht fiel. Als er aufwachte, stellte er fest, dass er keine Tränen mehr hatte und verfiel in eine Stumpfheit, von der er sich nie wieder richtig erholte.

Nachdem sein Vater tot war und er von seiner Mutter und kleinen Schwester getrennt worden war, fand Renard sich nicht länger von Liebe umgeben und an einem warmen, glücklichen Ort geborgen. Er war gezwungen, mit seinem uralten Großvater, dem vierten Herzog von Roxton, zu leben, der ein kalter, verbitterter alter Mann und nicht an die Gesellschaft von Kindern gewöhnt war. Dieser alte Mann war ein Fremder, und Renard hasste ihn. Aber er war klug genug, um zu erkennen, dass er nur seine Zeit abwarten musste, denn es konnte nicht viele Jahre dauern, bis sein Großvater sterben würde, und dann würde er Herzog sein, und niemand konnte ihm sagen, was er zu tun hätte. Und wenn er Herzog würde, wollte er nach Frankreich zurückkehren, zu seiner Familie, und sie nie wieder verlassen.

Renard verschloss seinen Kummer, doch damit verschloss er auch sein Herz und jede Liebe, die er zu geben hatte. Aber da niemand da war, um seine Liebe zu erhalten oder ihm Liebe zu schenken, war es einfach, das zu tun. Er hüllte sein Herz innerlich in ein Glas und schloss es in einem Schrank tief in seinem Innersten ein.

Der alte Herzog lebte noch sieben lange Jahre und in diesen Jahren war es Renard verboten, Französisch zu sprechen oder zu schreiben oder irgendwelchen Kontakt zu seiner Mutter zu haben. Der alte Herzog wollte, dass sein Enkel ein Engländer wäre, er sollte seinen Vater und seine französische *maman* vergessen, ebenso wie das Leben, das er in Paris geführt hatte. Renard wurde nach Eton und nach Oxford geschickt und als er gerade nach seinem neunzehnten Geburtstag das Herzogtum erbte, war er in jeder Hinsicht ein englischer Herzog, auf den sein alter Großvater stolz sein konnte.

Du wirst Dich wundern, wie Renard sein französisches Erbe, seine Mutter, die ihn liebte, und das Leben, das er in Paris mit seinen Eltern geführt hatte, vergessen konnte. Aber siehst du, mein liebster Junge, ohne Liebe, ohne die Wärme seiner Eltern und mit dem Verlust seines geliebten Papas, starb etwas in Renard - deinem Papa. Und als ich in so jungen Jahren Herzog wurde, beschloss ich, dass ich das Herz, das ich in einem Glas in einem Schrank in meinem Innersten eingeschlossen hatte, nicht brauchte, denn ein Herz zu haben hatte mir immer nur großen Kummer eingebracht.

Auf diese Art lebte ich ohne Liebe und ohne ein Herz fast zwei Jahrzehnte lang. Es war Deine *maman*, die diesen Schrank fand und aufschloss und sie war es, die das Glas mit meinem Herzen fand und es freiließ. Es waren ihre Liebe und ihr Glaube an mich, die mein Herz wieder in Liebe schlagen ließen. Und seit jenem Tag habe ich mich gefragt, wie ich so viele Jahre meines Lebens ohne das hatte leben können.

Dein lieber Papa erzählt Dir diese Geschichte, mein liebster Junge, nicht, damit Du seinetwegen traurig bis, sondern weil er weiß, dass es gar kein Leben ist, ohne Liebe zu leben. Es war falsch, mein Herz in einem Glas einzuschließen. Es war falsch, alle Hoffnung zu verlieren und zu verzweifeln. Es ist besser, geliebt zu haben und den Verlust zu spüren, als nie geliebt zu haben. Du musst trauern und meinen Verlust spüren, damit Du eines Tages in der Zukunft, wenn Du die Liebe Deines Lebens findest, Liebe und großes Glück kennenlernen und die Liebe eines anderen Menschen frei annehmen kannst. Dies musst Du auch für Deine *maman* tun, die Dich so sehr liebt und die, nach einiger Trauerzeit, für Dich da sein wird, immer.

Ich verspreche Dir, eines Tages, nicht heute und auch nicht morgen, aber eines Tages, wenn Du ein junger Mann bist, wird dies alles eintreten. Du musst Deinem lieben Papa hierin vertrauen.

Ich habe Dir diese Geschichte über den jungen Renard erzählt, um mich bei Dir entschuldigen zu können, weil ich Dich verlasse, so, wie mein Papa mich verlassen hat. Doch mein Papa hatte nicht die Gunst, sich verabschieden zu können. Ich bin sicher, als der Tag kam, an dem ich Dich verlassen musste, warst Du weit besser darauf vorbereitet, als ich es war. Und niemand wird Dich je von Deiner Mutter, Deinem Bruder und Deiner Familie wegreißen. Du wirst sie immer haben. Du wirst hier in Treat immer ein Zuhause haben. Und Du wirst immer von Menschen umgeben sein, die Dich lieben und sich um Dich kümmern. Darauf gebe ich Dir mein Wort und verspreche es Dir feierlich.

Du musst Dir keine Sorgen machen, wenn Du über diesem Brief Tränen vergießt oder auch, wenn Du so böse auf mich bist, weil ich Dich verlassen habe, dass Du diese Seiten zu einem Ball zerknüllst und ins Feuer wirfst. Wenn das dazu führt, dass Du Dich besser fühlst, tue es. Dies ist eine Kopie des Originals, das ich in Händen Deines Bruders zur Aufbewahrung hinterlassen habe. Er hat den Auftrag, Dir die Originale aller meiner Briefe an Deinem einundzwanzigsten Geburtstag zu geben.

Dein Papa muss sich jetzt ausruhen. Und ich habe genug in diesem Brief geschrieben, dass ich hoffe, er wird Dir etwas Trost geben, und damit Du weißt, dass Du noch nicht das Letzte von Deinem liebsten Papa gehört hast! Er wird in seinem nächsten langen Brief noch mehr zu sagen haben. Bis dahin verbleibt er - für immer - Dein Dich liebender, geliebter Papa.

R

Seine Gnaden, der hochedle [5.] Herzog von Roxton an Lord Henri-Antoine Hesham, ihm bei Erreichen seiner Volljährigkeit auszuhändigen.

[Vermutlich im Dezember 1772 geschrieben, vor dem Tod seiner Gnade Anfang 1774, und von seinem Nachfolger und Bruder seiner Lordschaft geheim gehalten worden, dann an seinem 21. Geburtstag seiner Lordschaft übergeben; Siegel gebrochen 1782.]

Mein liebster Junge,

Ich gratuliere Dir zum Erreichen Deiner Volljährigkeit.

Ich erinnere mich an Deine Geburt, als wäre es gestern gewesen, als ich Dich zum ersten Mal in meinen Armen hielt, Deine *maman* und ich waren so überglücklich und überwältigt, noch einen Sohn in unserem Leben begrüßen zu dürfen. Und daher bin ich sehr glücklich, an diesem besonderen Geburtstag mit Dir durch diesen Brief teilhaben zu dürfen.

Dein lieber Papa sagte Dir vor vielen Jahren, dass Du noch nicht das Letzte von ihm gehört hättest, und daher komme ich jetzt, um für diese kurze Zeit bei Dir zu sein. Vielleicht kann ich Dich nicht küssen und umarmen, doch du sollst wissen, dass ich ganz sicher bei Dir bin.

Doch ich schreibe nicht aus dem Grab heraus, um Dich zu verunsichern oder schmerzliche Erinnerungen an meinen Tod hervorzurufen, sondern in der Hoffnung, dass in all den Jahren, die vergangen sind, seit Dein lieber Papa Dich widerstrebend verlassen musste, Du Dein Leben gut gelebt hast und glücklich gewesen bist. Ich habe keinen Zweifel daran, dass Du zu einem feinen jungen Gentleman geworden bist, auf den ich sehr stolz sein kann.

Ich bin sicher, dass Du und Jack ein paar Jahre in Oxford verbracht habt und Ihr jetzt plant, Eure Reise über den Kontinent zu machen, oder sie vielleicht schon gemacht habt. Ihr werdet die wundervollsten Abenteuer erleben und viele Erinnerungen und hoffentlich eine Sammlung an Kunst und Kuriositäten, die würdig sind, die Wände und Schränke Deiner Räume zu füllen, mitbringen.

Ich habe mit Deinem Bruder über Deinen einundzwanzigsten Geburtstag gesprochen und wir haben vereinbart, dass Julian Dir an diesem Tag die Schlüssel Deiner eigenen Wohnung in Treat übergeben würde. Es war etwas, das wir beide für Dich tun wollten und wurde geplant, seit ich zuerst krank wurde; ein Architekt wurde engagiert, um einen Teil des Ostflügels zu renovieren, damit Du Deine eigenen Räume haben kannst. Ich bin sicher, dass Du mit dem Ergebnis zufrieden sein wirst. Es war unser Wunsch, dass Du eine abgeschlossene Unterkunft haben sollst, ganz auf französische Art, damit Du kommen und gehen kannst, wie es Dir gefällt und unter Deinem eigenen Dach leben, wie Du es magst. Und während ich immer wollte, dass Du in Treat eine Heimat haben solltest, muss ich Dir sagen, dass die Entscheidung letztlich bei Deinem Bruder lag, dir als sechster Herzog diese Gunst und den Vorzug des Aufenthalts in seinem Heim und dem seiner Kinder zu gewähren. Ich hätte Dir keinen liebevolleren und fürsorglicheren Bruder wünschen können. Das

Wissen, dass diese Pläne bereits zur Zeit meiner letzten Krankheit weit fortgeschritten waren und dass Du immer einen Ort im Heim Deiner Kindheit haben wirst, den Du Dein Eigen nennen kannst, trugen viel dazu bei, mir meine Sorge um Deine Zukunft zu erleichtern.

Es ist Deine Zukunft, über die ich in diesem Brief vor allem zu Dir sprechen möchte. Und du wirst deinem Papa verzeihen, dass er es erwähnt, aber erwähnen muss ich es, denn dein Leiden wird immer so sehr ein Teil von dir sein. Ich weiß, dass es selbst bis zu diesem Tag viele deiner alltäglichen Entscheidungen bestimmt, und so sehr du oder ich, Deine *mamam* oder Dein Bruder wünschen würden, dass es anders wäre, ist es so und man kann das nicht ignorieren. Und daher müssen wir damit umgehen, so gut wir es können. Ich bin zuversichtlich, dass Du genau das tust, und mit vorbildlicher Stärke und Geduld.

Seit Du klein warst, lebten Deine *maman* und ich in dem Bewusstsein, dass Du besonders warst und nie wie andere Jungen sein würdest. Die Fallsucht hindert Dich, die gewöhnlichen Möglichkeiten, die Söhnen, die nicht den Titel ihres Vaters erben, offenstehen, zu nutzen. Für Dich gibt es keine Karriere in der Armee oder der Marine, ganz sicher auch nicht in der Kirche, und Recht oder Politik würden auch nicht passen, nicht, weil ich Dich nicht für intelligent halte, denn das tue ich, sondern aus dem einfachen Grund, dass solche Berufe ein öffentliches Auftreten erfordern. Das wünsche ich keinem Mann mit einer zurückhaltenden Natur, geschweige denn jemandem, der von der Fallsucht beeinträchtigt ist.

Und ich vertraue darauf, dass Du im Laufe der Jahre Dein Leben in einer Art geordnet haben wirst, die Dir zusagt, und Dein Leiden als kleine Unannehmlichkeit behandelst, die gewisser Anpassung bedarf, statt ein Leben als sein Sklave zu führen. Denn auch wenn es Dich immer begleiten wird, Du darfst ihm nicht erlauben, Dich zu verzehren. Es sollte immer ein Rätsel sein, das es wert ist, gelöst zu werden, statt einer Last, die Du auf Dich nehmen musst.

Und weil Du etwas Besonderes bist und nicht die zweiten Söhnen offenstehenden Wege beschreiten kannst, bist Du in der beneidenswerten Lage, in niemandes Fußstapfen treten zu müssen oder Erwartungen zu erfüllen. Doch mir ist auch klar, dass dies Dich ohne festen Halt lässt. Dein Papa wird Dich in einen sicheren Hafen geleiten, doch indem er das tut, wird er Dein Leben erschweren, wenn er Dich informiert, dass Du jetzt, an diesem Deinem einundzwanzigsten Geburtstag, ein großes Erbe antrittst.

Ich hatte gehofft, an diesem Tag anwesend zu sein, für den ich kurz nach Deinem vierten Geburtstag Pläne zu machen begann, als klar wurde, dass Du nie ein Leben frei von Anfällen würdest führen können. In jedem seither vergangenen Jahr habe ich einen Teil meines jährlichen Einkommens für Dein Erbe beiseitegelegt. Dies wurde dann für Dich in Fonds investiert und ich habe diese Einzahlungen alljährlich getätigt, bis Dein Bruder den Titel erbte. Ich habe ein wenig gerechnet, und nach acht Jahren angehäufter Zahlungen, die investiert wurden, bis du einundzwanzig wirst, sollte ich meinen, dass Dein Erbe an diesem Tag ein wenig über einhunderttausend Pfund beträgt. £100,000. Ich habe es auch in Ziffern aufgeschrieben, für den Fall, dass du glaubst, dass Dein Vater schon senil gewesen sein muss und diese Hundert dort aus Versehen hinzufügte.

Glückwunsch. Du bist jetzt ein überaus wohlhabender junger Gentleman. Es gibt bei diesem Vermögen keine Bedingungen, Einschränkungen oder Aufseher. Es ist von diesem Tag an alles Dein, und Du kannst damit tun, was Du für richtig hältst. Ja, Du könntest es verspielen, es ausgeben, es für alle möglichen Kleinigkeiten oder Laster verwenden, einschließlich Frauen, und es gibt nichts, was jemand, Dein Bruder eingeschlossen, dagegen tun könnte. Du könntest es auch horten und geizig damit sein, oder vielleicht fühlst Du Dich schuldig, weil Du solchen Reichtum besitzt und Dich fragst, ob Du nicht alles Deinem Bruder geben solltest, von dem ich sicher bin, dass er inzwischen eine große Familie hat, die er in der ein oder anderen Form aus seinem Vermögen und seinen Ländereien wird versorgen müssen.

Lass mich Dir versichern, dass Dein Bruder weit mehr geerbt hat als jeder andere Mann, selbst mit einer großen Familie, zu verwaltendem Besitz und Hunderten von Gefolgsleuten, um die er sich kümmern muss, in fünf Leben brauchen würde. Er ist unmäßig reich, so, wie ich es den größten Teil meines Lebens war. Mein Großvater, der vierte Herzog, war ein Geizhals. Wenn er einen Penny ausgab, dann nur, um weitere Pennys anzuhäufen. Das Einzige in seinem Leben, das er mit seiner Aufmerksamkeit und seinem Reichtum überhäufte, war Treat, für Bauarbeiten am Haus und an der Landschaft. Er tat dies, um es zu einem Denkmal für sich und seinen Namen zu machen. Er beschäftigte eine ganze Reihe von Architekten und Landschaftsgärtnern, Vermessern, erfahrenen Handwerkern und Hunderten von Arbeitern, doch Arbeit ist, wie Du weißt, billig und kostete ihn daher sehr wenig. Das Material kostete ihn ebenfalls so gut wie nichts, da die Steine aus seinem eigenen Steinbruch kamen und die natürlichen Ressourcen aus Ländereien in seinem Besitz. Als mein Großvater starb, hinterließ er niemanden, der seinen Tod betrauerte, nur ein halb fertiges, palastähnliches Gemäuer auf der Landschaft namens Treat. Ich hielt es für angebracht, es zu beenden, und ich hoffe, ich habe es vermocht, es zu einem Heim für Deine *maman*, Deinen Bruder und Dich zu machen.

Während Dein Bruder seine Augenbrauen angesichts des Betrags Deiner Erbschaft überrascht hochziehen mag, würde er Dir nie etwas davon missgönnen. Und wenn er Bedenken hat, dann wird es ob der Tatsache sein, dass ich keinerlei Beschränkungen für Deinen Zugriff darauf eingerichtet habe; Dein Bruder kann es Dir weder vorenthalten, noch ist er in der Lage, es Dir zuzuteilen, was, wie ich sicher bin, er in Deinem besten Interesse zu tun wünschen wird. Ich habe keinen Zweifel daran, dass Du Deinem lieben Papa dafür dankbar bist, aber vielleicht wirst Du mir nicht danken, wenn ich Dir sage, dass mit großem Reichtum auch große Verantwortung einhergeht. Deine Hunderttausend Pfund liegen nun auf Deinen Schultern und während ich Dich damit nicht niederdrücken will, ist es doch da und jetzt ist die Reihe an Dir, lang und eingehend darüber nachzudenken, was Du damit und mit Deinem Leben tun möchtest. Denn der Wert eines großen Erbes liegt nicht darin, wie es bewahrt, sondern wie es ausgegeben wird.

Ich habe Dir eine einmalige Gelegenheit gegeben, etwas aus Deinem Leben zu machen, etwas, das über Stein und Mörtel eines großen Palastes oder die Erlangung eines illustren Titels hinausgeht. Diese Last muss Dein Bruder tragen. Als meinem ältesten Sohn war ihm jede andere Lebensweise verwehrt. Dir andererseits habe ich eine völlig andere Last auferlegt, nämlich die der Wahl.

Dein lieber Papa hat großes Vertrauen darin, dass Du Dich in Deinem Leben immer so verhalten wirst, dass er stolz auf Dich wäre und ich habe immer gedacht, dass Du mich überraschen würdest und die Erwartungen anderer übertreffen. Du bist schließlich mein Sohn.

Zusammen mit diesem Brief erhältst Du eine kleine Schachtel, und in dieser Schachtel ist ein goldener Ring mit einem Karneol, in den das Familienwappen eingraviert ist. Es war der Ring meines Vaters. Er trug ihn an jedem Tag seines Lebens und ich erinnere mich an diesen Ring als eines Teils von ihm. Ich habe ihn nicht selbst getragen, da ich den herzoglichen Smaragdring der Roxtons trug, der meinem Großvater gehörte, und den laut Tradition alle Herzöge von Roxton tragen, wenn sie den Titel erhalten. Ich habe keinen Zweifel daran, dass Dein Bruder diesen Ring jetzt mit Stolz trägt. Dieser Ring jedoch, der, den ich Dir hinterlasse, hat für mich großen sentimentalen Wert, und daher möchte ich, dass Du ihn bekommst und er Dich an mich erinnert, und als Symbol der Liebe zwischen Vater und Sohn. Ich liebte meinen Vater sehr, ja, ich betete ihn an, und ich weiß, dass Du mich Deinerseits ebenso innig liebtest.

Ich glaube, Dein lieber Papa hat Dir für einen Brief genug zum Nachdenken gegeben. Während ich dies schreibe, weiß ich, dass Du mich an meinem Grabmal besuchen und mir den Ring zeigen wirst und wie gut er an deinen Finger passt, und ich kann es nicht erwarten, Dich dort zu sehen.

Oh, und wenn Du glaubst, dass dies das Letzte wäre, was Du von Deinem Papa schriftlich hören wirst, nein, das ist es nicht. Doch den anderen Brief, den ich hinterließ, wollen wir für einen anderen Tag aufheben. Welchen Tag? Ich kann es nicht vorhersagen, aber ich hoffe sehr, dass dieser Tag kommen wird und in nicht allzu ferner Zukunft, und dass Du in der Tat das Bedürfnis verspüren wirst, ihn zu öffnen, um zu lesen, was Dein Papa bei dieser Gelegenheit zu sagen hat.

Ich liebe Dich von ganzem Herzen.
Dein Dich liebender liebster *pa*pa,
R

Martin Ellicott Esq., Moran House, Bath Road, Bath, Avon, an Lord Henri-Antoine Hesham, Treat bei Alston, Hampshire.

[Dieses Schreiben wurde mit der gnädigen Erlaubnis Ihrer Gnaden beigefügt wegen seiner Wichtigkeit bei dem Bemühen, Licht auf die Gründung der angesehenen Fournier-Stiftung zu werfen. Namen und Teile davon wurden auf ihr Drängen in gewohnter Weise ausgelassen.]

Moran House, Bath Road, Bath, Avon
12. Mai 1784

Mylord,

Lieber Junge, ich habe Euren Brief mit der heutigen Morgenpost erhalten und er hat mich unglaublich aufgeheitert. Ich habe keinen wirklichen Grund, mich zu beklagen, nachdem das Frühlingswetter hervorragend ist. Ich kann heute besser atmen als gestern Abend und ein langer Brief von Ihrer Gnaden, Eurer Mutter, der gestern kam, hatte wie immer das Vermögen, mich aufzuheitern und meist lache ich bereits, bevor ich den ersten Absatz beendet habe.

Meine Gesundheit ist so instabil wie das wechselhafte Wetter, daher will ich gleich zur Sache kommen, bevor ich einen Hustenanfall habe oder es regnet oder beides.

Ihr wisst, dass Seine Gnaden, Euer Bruder, wünscht, ich solle den Rest meines Lebens in Treat bei der Familie verbringen und dieses Angebot ist auch sehr schmeichelhaft. Doch unter uns, ich kann [*ausgelassen*] nicht hier zurücklassen, nicht nach zwanzig Jahren [*ausgelassen*] [*ausgelassen*], und [*ausgelassen*] wird nicht nach Treat kommen. Und dies, obwohl Seine Gnaden seine Einladung auf [*ausgelassen*] ausdehnte. Wir würden uns bei einem solchen Arrangement nicht wohl fühlen, trotz der Versicherungen Ihrer Gnaden (und wenn ich das sage, meine ich nicht nur meinen Patensohn und seine Frau, sondern dies schließt auch Eure liebe Mutter und Kinross ein), dass wir gleichermaßen willkommen wären. Wenn ich sterbe, und ich sage, wenn, nicht falls, da es nicht mehr lange hin sein kann, dann hier, mit [*ausgelassen*] an meiner Seite. [*ausgelassen*] ist sich dessen bewusst und hat sich damit abgefunden, dass ich, wenn ich erst diesen ausgemergelten Körper verlassen habe, auch [*ausgelassen*] verlassen werde, denn ich habe die Absicht, zu Eurem Vater und dem Heim, das fast seit meiner Geburt auch das meine war, zurückzukehren. Im Roxton-Mausoleum beigesetzt zu werden ist eine Ehre, die ich über alles schätze. Eure Familie ist meine Familie und war es, seit meine Eltern im Dienste Eures Urgroßvaters, des vierten Herzogs, standen. Zu wissen, dass ich auf ewig nahe Eures Vaters und dereinst Eurer Mutter sein werde, ist mir ein großer Trost und es scheint, dass es auch für Euren Bruder, Euch und Ihre Gnaden, Eure Mutter, so ist. [*ausgelassen*] versteht dies und respektiert meine Wünsche.

Die Ehre, die Eure Familie mir antut, kann nicht angemessen in Worte gefasst werden und wenn ich es versuchte, würde das Schreiben dieses Briefes doppelt so viel Zeit fordern, falls er jemals beendet würde. Ich bin so von Emotionen überwältigt, dass es mich lähmt.

Ich muss Euch für Euer freundliches Angebot danken, [*ausgelassen*] zu gewähren, in diesem Haus hier zu bleiben, das während der letzten sechzehn Jahre unser Heim war. Doch wir haben gemeinsam beschlossen, das ebenso freundliche Angebot Seiner Gnaden eines Hauses in der Stadtmitte, innerhalb eines Steinwurfs und eines Weges im Tragsessel vom King's Bath gelegen, für [*ausgelassen*] anzunehmen. Dass [*ausgelassen*] einen Ort haben wird, um ihn Heim zu nennen und ein Einkommen für den Rest des Lebens, lässt mein Herz ruhig schlagen. Ich habe Seiner Gnaden in gesondertem Brief von unseren Wünschen diesbezüglich geschrieben und um ihm aus ganzem Herzen zu danken. Und natürlich kann ich Euch nicht genug danken, dass Ihr es uns erlaubt habt, hier zu bleiben, nachdem Ihr das Anwesen von Eurem geehrten Vater geerbt hattet. Ich bin zuversichtlich, dass Ihr eines Tages, wenn Ihr schließlich heiratet, mit Eurer Braut dieses Haus mit ebenso vielen glücklichen Erinnerungen füllen werdet, wie wir sie haben.

Das findet Ihr vielleicht morbide, doch es ist notwendig, das auszusprechen. Während ich meine Ersparnisse und weltlichen Güter an [*ausgelassen*] vermacht habe, hinterlasse ich Euch meine Kunstsammlung und meine Bibliothek. Ich weiß, dass Ihr sie am meisten schätzen werdet. Und Ihr wenigstens werdet keinen Anstoß daran nehmen, dass sich in meiner über Jahrzehnte gesammelten Kollektion, aus der Zeit mit Eurem Vater und während meiner Reisen auf dem Kontinent mit Eurem Bruder, Bücher, Zeichnungen und Karikaturen befinden, die von Menschen, die Kunst nicht um der Kunst willen schätzen können oder von zu prüder Natur sind, solche Kunstwerke auch nur zu betrachten oder auch solche Bücher zu öffnen, für jenseits des Anständigen betrachtet werden. Zum Beispiel ist da ein kompletter Satz von Miniaturen von Boucher und einer von Fragonard von [*ausgelassen*] und [*ausgelassen*]. Ich habe in meiner Sammlung ebenfalls eine seltene Statue von Nymphe und Satyr, die [*ausgelassen*] genießen. Unter den Folios ist ein Satz von Arbeiten des Comte de [*ausgelassen*] und ein weiterer von Mme [*ausgelassen*] (wie sie sich nennt) , von dem ich weiß, dass Ihr sie mehr für den Witz in der Prosa als wegen der Anzüglichkeiten auf diesen Seiten genießen werdet. Ich hinterlasse Euch auch eine der angeblich nur zwei Kopien von [*ausgelassen*]. Euer Vater schenkte sie mir, als ich in den Ruhestand trat, und natürlich hatte er die andere Kopie. Da sind auch noch [*Rest des Absatzes ausgelassen*].

Ich füge eine detaillierte Auflistung für Eure Augen bei, damit Ihr, wenn Ihr herkommt oder einen Vertreter schickt, nachdem wir fort sind, alles so findet, wie wir es hinterlassen haben, die Gemälde noch an den Wänden, die Statuen in meinem Schrank und die Sammlung von Karikaturen in beschrifteten Deckeln zusammen mit den Büchern in der Bibliothek.

[*Die Liste ist verfügbar, aber nicht in dieser Arbeit enthalten.*]

Lasst mich zu fröhlicheren und weit wichtigeren Dingen kommen.

Ich fühle mich geehrt, dass Ihr meinen Rat bei Eurem Unternehmen, eine medizinische Stiftung zu gründen, die Ärzten bei ihren Forschungen behilflich sein und der Förderung der medizinischen Wissenschaft dienen soll, erfragt. Mir gefällt der Name Fournier-Stiftung. Ein solcher Name hält genügend Abstand von Euch, dem Sohn eines Herzogs und Bruder eines anderen, von den, wenn ich es so ausdrücken darf, trüberen Seiten des ärztlichen Berufsstandes. Ihr und der Name Eurer Familie müsst über jeden Vorwurf erhaben sein, angesichts der Tatsache, dass es unter unseren medizinischen Pionieren gewissenlose gibt, wenn es darum geht, sich Exemplare zur Sektion und Forschung zu beschaffen und sie sich der noch warmen Körper der Unglücklichen bemächtigen, die ihr Leben am Galgen beenden mussten. Und, ich kann es kaum für möglich halten, dass diese Ärzte die Leichen aus frisch gegrabenen Gräbern akzeptieren, die ihrer Kleidung beraubt und nackt in den Anatomieschulen präsentiert werden, wo sie im Namen der Wissenschaft allen möglichen bestialischen Behandlungen unterzogen werden. Kleidung und Eigentum der Toten zu stehlen ist strafbar, aber anscheinend nicht die nackten toten Körper dieser armen Seelen. Ich verstehe, dass unsere Mediziner am menschlichen Körper herumschneiden und darin herumstochern müssen, um in der Lage zu sein, die Geheimnisse seiner inneren Funktionsweise zu enthüllen und den Lebenden helfen zu können, aber es muss doch sicher bessere, respektvollere Wege für solche Forschungen geben?

Vergessen wir meine Einwände und Belehrungen. Ihr müsst tun, was Ihr für angemessen und richtig haltet und der Investition zur Hilfe des Fortschritts der Wissenschaft für würdig. Doch ich warne Euch, zu den alltäglichen Einzelheiten eines solchen Unterfangens eine Distanz zu wahren. Ich fühle mich auch nicht wirklich wohl bei der Vorstellung, dass Ihr Orte besuchen könntet, die voller kranker Miasmen sind, vor allem in Anbetracht Eurer empfindlichen Konstitution. Bitte achtet darauf und bedenkt immer zuallererst Eure Gesundheit. Eure Mutter könnte Euren Verlust nicht ertragen; es würde ihr das Herz brechen und selbst Kinross' Liebe könnte sie nicht wieder aus solcher Verzweiflung reißen.

Erlaubt Dr. Bailey und den anderen Treuhändern, dafür einzustehen und solche Besuche an Eurer Statt zu unternehmen, darum bitte ich Euch und rate es Euch. Bailey als die Galionsfigur der Stiftung zu wählen, ist eine ausgezeichnete Idee, denn ich habe immer festgestellt, dass er über einen neugierigen Geist und ausreichend Mitgefühl verfügt. Und ich nehme an, dass Ihr ihm sehr großzügig den Titel als Direktor verliehen habt, wegen Eurer engen Beziehung zu ihm aus der Zeit, als er Euer Leibarzt war und Ihr noch ein kleiner Junge. Ich denke, vielleicht möchtet Ihr auch für Eure hochmütige Behandlung Wiedergutmachung leisten, und ihn für seine gutmütige Akzeptanz Eurer jugendlichen Arroganz als Edelmann belohnen. Dies erwähne ich mit dem tiefsten Respekt.

Euer Wunsch, der anonyme Wohltäter zu bleiben, ist eine äußerst umsichtige Entscheidung. Wenn öffentlich bekannt würde, dass Ihr für dieses Unternehmen Eure Börse geöffnet habt, würden alle möglichen Schmeißfliegen und nach Mäzenen suchende Bittsteller an Eure Tür pochen, mit unzähligen lächerlichen Plänen und Bitten, dass ich keinen Zweifel daran habe, dass ihr einen eigenen Sekretär damit beschäftigen könntet, sich allein mit solchen Petitionen zu befassen. Im Schatten zu bleiben, wird Euch größere Freiheit gewähren, Eure Großzügigkeit dort anzuwenden, wo Ihr es für angebracht haltet. Einen Stiftungsrat zu haben, der Euch behilflich ist, ist eine Notwendigkeit, doch erlaubt ihm nicht, Euch zu beherrschen. Obwohl es mich jetzt, nachdem ich es aufgeschrieben habe, zum Lächeln bringt, denn ich kann mir keinen anderen als Euch vorstellen, von Eurem geschätzten Vater abgesehen, der weniger dazu geneigt gewesen wäre, sich beherrschen oder überzeugen zu lassen, wenn er erst einmal einen Entschluss gefasst hatte.

Euer liebster Vater wäre unendlich stolz auf Euch und wie Ihr in so jungem Alter den weisen und sehr großzügigen Weg gefunden habt, Euer Erbe zu nutzen, um in der Welt etwas zu bewegen. Und ich habe keinen Zweifel daran, dass Ihr dies tun werdet, und nicht nur für wenige, sondern für viele, vielleicht für Tausende und Abertausende der verletzlichsten Seelen unserer Nation, die medizinische Versorgung und Aufmerksamkeit am meisten brauchen, und die unzähligen, die voller Hoffnung auf den Fortschritt warten, den die Wissenschaft mit sich bringt.

Ihr habt den scharfen Verstand Eurer Mutter und den Wissensdurst geerbt, doch auch ihr Mitgefühl für andere Geschöpfe, denn warum sonst hättet Ihr Euch entschieden, alles Euch Mögliche zu tun, um den Zustand der Menschheit zu verbessern, indem Ihr eine medizinische Stiftung gründeten, die den Ärmsten der Armen helfen soll, wenn nicht, weil Ihr, ebenso wie Eure Mutter, große Empathie besitzt? Und während Ihr *M'sieur le duc* äußerlich so ähnlich seht, ist doch auch Eure Haltung sehr ähnlich und ich beziehe mich nicht auf die große Arroganz oder natürliche Zurückhaltung Eures Vaters den Menschen außerhalb seines engsten Familienkreises gegenüber. Ich kannte Euren Vater gut und er konnte nicht vor mir verbergen, dass er ein Mann mit tiefen Gefühlen war. Dies war am sichtbarsten mit Eurer Mutter, denn ich habe nie eine größere Liebe gesehen als die zwischen Euren Eltern. Und die Liebe, die er für Euch und Euren Bruder empfand, war unermesslich. Und als jemand, der Euch seit der Wiege kennt, bin ich überzeugt, dass Ihr eine perfekte Mischung Eurer Eltern seid, noch mehr als Euer lieber Bruder. Nicht, dass ich ihm dies gestehen würde und dies sollte unter uns beiden bleiben.

Wollt Ihr es einem alten Mann erlauben, Euch einige Ratschläge zu geben? Ich weiß zwar, dass Ihr alles in Eurer Macht Stehende und was Euer Reichtum ermöglicht tut, um Euer Leiden vor der Gesellschaft zu verbergen, und ich stimme eurem Urteil in diesem Fall von Herzen zu, denn es ist niemandes Sache als eure eigene, doch, wenn Ihr eine Partnerin findet, wenn Ihr euch verliebt, solltet Ihr Euch ihr völlig öffnen, so, wie es euer Vater mit eurer Mutter getan hat. Er hat ihr nie seine wahre Natur verborgen, und Ihr solltet Euer Leiden nicht vor Eurer erwählten Braut verheimlichen. Es ist ein Teil von Euch und wird es immer sein. Und wenn sie Euch so liebt, wie sie es soll, uneingeschränkt, so, wie Eure Mutter Euren Vater liebte, dann werdet ihr eine lange, glückliche Ehe führen, und das ist es, was ich mir am meisten für Euch wünsche, Liebe und Glück, und geliebt zu werden ist nicht weniger, als Ihr verdient.

Ihr seid der freundlichste, großzügigste und empfindsamste Mann, den ich je das Privileg hatte, zu einem feinen Gentleman heranwachsen zu sehen. Bitte weint nicht um mich, denn ich habe genug von diesem alten, müden und abgenutzten Körper, und, um die Wahrheit zu sagen, die ich [*ausgelassen*] verschwiegen habe, ich zähle die Tage, bis ich dieses sterbliche Gefängnis verfallenden Fleisches verlassen und wieder mit Eurem Vater vereint sein kann, um wieder und diesmal für immer an seiner Seite zu sein.

In Liebe,
Martin

Miss Theodora Cavendish, Brycecomb Hall bei Stroud, Gloucestershire, an Miss Lisa Crisp, c/o M'sieur de Crespigny, Fournier Street, Spitalfields, London.

Brycecomb Hall bei Stroud, Gloucestershire
8. Juli 1784

Liebste, <u>liebste</u> Lisa,

Dies ist der zweite Brief, den ich Dir an Deine Adresse in der Fournier Street sende und ich verspreche, es wird nicht der letzte sein, denn ich bin entschlossen, ja, <u>entschlossen</u>, Dich, meine Schwester aus Blacklands zu finden.

Ich kann kaum glauben, dass ich Blacklands für immer verlassen habe und nach Hause in die seligen Cotswolds zurückgekehrt bin. Ich war noch nie glücklicher, zu Hause bei meiner Familie zu sein, zu sehen, wie meine geliebten kleinen Brüder zu richtigen Jungen heranwachsen und Mama umarmen zu können, wann immer ich es wünsche, und mit meinem lieben Papa über das wunderschöne Land auszureiten. Alles in meiner Welt ist wieder in Ordnung und ich möchte nie wieder von hier fortgehen. Doch ich kann nicht völlig glücklich sein, solange ich nicht weiß, dass du in Sicherheit bist, es Dir gut geht und Du mir eine Antwort auf einen meiner Briefe schickst. Ich finde dieses Schweigen zwischen uns unerträglich und wenn ich nicht bei meiner Familie und in meinen geliebten Cotswolds wäre, und, wie ich Dir in meinem vorigen Brief erzählte, mit meinem Jack verlobt und dabei, Hochzeitspläne zu schmieden, denke ich, ich würde in mein Bett gehen und es nicht verlassen, bis du kämest, um mich aus meiner Melancholie zu reißen.

Zumindest kann ich Dir hier von Zuhause aus so frei und so oft schreiben, wie ich möchte, und meine beiden Eltern verstehen, dass ich Dir schreiben muss und warum es so wichtig ist, dass ich Dich finde. Denn ich kann und <u>will nicht</u> meinen Jack heiraten, ohne Dich an meiner Seite zu haben.

Ich weiß nicht, ob ich es Dir vor diesem Brief erzählte, aber ich durfte Dir von der Schule aus nicht schreiben. Das ist nicht ganz richtig. Ich schrieb Dir viele Briefe, nur wurden sie nie abgeschickt, weil man fand, es wäre das Beste für mich, wenn alle Verbindungen zwischen uns abgeschnitten würden. Doch ich werde dich nie aufgeben, Dich, meine liebste, liebste Freundin in der ganzen weiten Welt.

Es bricht mir das Herz, Lisa. Ich verstehe immer noch nicht, warum Du mich ohne ein Wort über Deine Abreise verließest, ohne einen Abschied für uns. War unsere Trennung zu viel für Dich, so dass Du dachtest, es würde das Beste sein, zu gehen und abzureisen, ohne dich zu verabschieden? Wie konntest Du so grausam sein? Ich will nicht glauben, dass Du irgendeinem lebenden Wesen gegenüber grausam sein könntest, schon gar nicht mir gegenüber, was auch immer andere versuchen, mir einzureden. Ich werde ihnen nicht glauben! Niemals. Ich weiß, dass sie nur versuchen, mir zu helfen, wenn sie mir sagen, ich solle dich vergessen, aber sag mir, wie mir das helfen soll? Wir standen uns so nahe wie zwei Schwestern, die einander lieben, sich stehen können, wir teilten jeden Tag miteinander und unsere Geheimnisse, nun, meine Geheimnisse, denn Du hast keine und bist zu gut, um welche zu haben, und dann warst Du eines Tages fort, einfach so, als wärest Du nie dagewesen.

Ich dachte, du wärest gestorben. Niemand wollte mir etwas sagen. Niemand wollte von Dir sprechen. Mir wurde befohlen, nicht nach Dir zu fragen, weil ich die anderen Mädchen mit meinen ständigen Fragen beunruhigte. Doch was war mit meinen Gefühlen und wie unruhig ich war, als Du auf einmal verschwunden warst? Dachte niemand daran? Ich bin immer noch unruhig, und ganz gleich, wie viele Jahre vergehen, werde ich nie aufhören, mich zu fragen und zu sorgen und zu wünschen, dass meine Lisa zu mir zurückkommt. Andere in der Schule waren auch beunruhigt, daher war es nicht nur ich, die Du damit verstört hast, dass Du ohne ein Wort gingst. George, der Sohn des Schreiners, und auch sein Vater. Signore Baldi und die kleine Daisy, die Tochter von Mrs. Frank aus der Nähstube. Doch keiner von ihnen konnte mir sagen, was mit Dir geschehen war und alle versicherten mir, dass Du ganz sicher nicht tot wärest, weil niemand in einem Sarg hinausgetragen worden wäre und niemand etwas von einem Todesfall erwähnt hätte.

Sie, ich meine Mlle Bromley, Mlle Martin und die *grande dame* unseres geschätzten Blacklands, Mme Girouard, oder wie ich sie unter uns immer nannte und was dich zum Kichern brachte, *Maîtresse Grandes Bajoues.* Sie alle versicherten mir, du wärest nicht tot, sagten aber, es wäre das Beste, dass ich an Dich dächte, als wärest Du tot, denn wir würden uns ohnehin nie wiedersehen. Und als ich ihnen widersprach und sagte, ich hätte durchaus die Absicht, Dich wiederzusehen, wenn ich Blacklands erst hinter mir hätte und dass ich Dich nie vergessen würde, ließ Mme Girouard mich hinsetzen und erklärte mir mit völlig ernstem Gesicht, dass ich etwas sehr Besonderes wäre, Du aber nicht. Sie sagte, und Du musst mir die Beleidigung verzeihen, denn das ist, was sie sagte, keineswegs, was ich denke, dass Du von derart niedrigerem Stand als ich wärest, dass ich ebenso gut in den Wolken leben könnte und Du in der Gosse, denn so weit wären wir voneinander entfernt und würden es auch immer bleiben. Und weil dieser große Abstand zwischen uns sich nie schließen würde, wären wir dazu bestimmt, völlig verschiedene Lebenswege zu gehen und völlig verschiedene Leben zu führen. Sie ist eine absolute Schmeißfliege, nur, weil Onkel Roxton ein Herzog ist und Mama die Tochter eines Earls, und sie hätte das gern gesagt, doch weil sie uns bei der Morgenandacht immer predigt, seinen Nachbarn zu lieben und alle so zu behandeln, wie sie es verdienten und allen christliche Barmherzigkeit zu erweisen, konnte sie das nicht, nicht wahr, denn sie war keineswegs barmherzig. Ganz im Gegenteil. Sie ist solch eine Heuchlerin!

Ich tat so, als würde ich sie überhaupt nicht verstehen und setzte das Gesicht auf wie sonst, wenn Mlle Martin mich fragte, ob ich wüsste, was mit den übriggebliebenen Kuchenstücken passiert wäre, und ich meinen Kopf schüttelte und sie fragte, wovon sie denn spräche? Während der Kuchen die ganze Zeit in meiner Tasche war. Und wer hätte mich dafür tadeln können, dass ich nahm, was uns rechtmäßig gehörte? Sie brauchte ganz sicher nicht mehr von unserem Kuchen. Arme Lisa, du fandest den gestohlenen Kuchen schwer zu schlucken, nicht wahr? Doch wir aßen trotzdem jeden Krümel davon, weil sie uns am Abend nie genug zu essen gaben!

Es verschaffte mir eine gewisse Befriedigung zuzusehen, wie Mme Girouard sich wand, als sie versuchte, unseren Standesunterschied als die natürliche Ordnung der Dinge und Gottes Willen zu erklären, bis ich von ihrem Herumgerede und ihren doppelzüngigen Erklärungen genug hatte und einfach in Tränen ausbrach, um sie zum Schweigen zu bringen. Doch, meine liebste Lisa, die Tränen waren sehr echt, ebenso wie meine Frustration, denn ich vermisse dich so sehr, sehr, SEHR, dass mein Herz wehtut.

Liebste Lisa, ich habe vor, an Dich zu schreiben, bis in der ganzen weiten Welt keine Tinte mehr übrig ist und Du mir schreibst und mir versicherst, dass es Dir gut geht und Du in Sicherheit bist und mich auch vermisst.

Jetzt werde ich diesen Brief beenden, indem ich die Seite küsse und Dir sage, dass ich Dich nicht aufgegeben habe! Papa reitet nach Stroud zu einer Besprechung mit Stofffabrikanten oder so etwas, und ich möchte, dass er diesen Brief mitnimmt und von dort mit der Post schickt.

Ich liebe dich so sehr, mein Liebling, meine allerliebste Lisa. Ich bleibe Deine beste Freundin in der ganzen weiten Welt und für immer Deine Blacklands-Schwester,

Teddy

*[Tagebucheintrag von Lord Henri-Antoine Hesham.
Übersetzt aus dem Französischen.]*

6. November 1784

Liebster Papa, ich habe heute einen anderen Teil von mir verloren. Wir erhielten die Nachricht (die niemanden überraschte, weil wir jeden Tag darauf gewartet haben), dass Martin vor zwei Tagen friedlich im Schlaf verstarb. Er war nicht im Bett, sondern draußen auf der Terrasse in seinem Lieblingsstuhl, wo er gut eingepackt seinen *café au lait* genoss. Jeremy dachte, er würde nur schlummern, er sah so friedlich aus. Ich bin froh, dass er so gestorben ist, und bete, dass er bereits bei Dir ist und Du Deinen Vertrauten und Freund umarmt und ihn im Himmel an Deiner Seite willkommen geheißen hast. Ich kann vor Tränen nichts sehen und fürchte, meine Worte werden verschmiert sein, doch das ist egal. Ich bin beraubt. Es ist, als wärest Du erneut gestorben und ich müsste wieder den Schmerz und den Kummer dieses Verlusts ertragen. Ich weiß, dass ich mich so fühlen werde, bis er hierher gebracht wird, um beigesetzt zu werden. Das wird mir wenigstens einen Trost bringen, ihn in der Nähe, bei euch und bei uns zu haben.

Ich werde Ende des Monats, nach Martins Beisetzung, nach London gehen, um die Mediziner, die Bailey mir für den

Vorstand empfohlen hat, kennenzulernen. Ich denke, Du wirst mit seiner Wahl für unsere Stiftung zufrieden sein, die weit mehr Anträge auf Förderung erhält, als wir überhaupt annehmen können. So schlecht ist der Zustand der medizinischen Versorgung in diesem Land.

Heute habe ich Julian nach Alston begleitet und Freddy kam mit uns. Wir haben uns im Swan sehen lassen. Die Einheimischen mögen es, ihren Herzog und seinen Erben in der Gegend zu sehen. Du wärest stolz auf Deinen Enkel, der sich zu einem feinen jungen Mann entwickelt, der sich dem für ihn Bestimmten bewusst ist. Er ist fast so ernst wie sein Vater, obwohl niemand so ernst sein könnte, nicht wahr?! Doch ich sage voraus, dass Freddy in die Fußstapfen seines Vaters treten und ein vorbildlicher Herzog sein wird, was Dir gefallen muss. Ich andererseits verbringe meine Zeit, solange ich auf den Beinen stehen kann und dazu fähig bin, mit Frivolitäten, also tue auch ich meinen Teil dafür, Dein Erbe lebendig zu halten! Ha! Sehe ich Dich missfällig eine Augenbraue hochziehen? Doch sicher nicht! Ich küsse Dich und verlasse Dich jetzt, meine Gesundheit ist weder besser noch schlechter, als sie es gestern war.

xo

Miss Theodora Cavendish, Brycecomb Hall bei Stroud, Gloucestershire, an Miss Lisa Crisp, c/o M'sieur de Crespigny, Fournier Street, Spitalfields, London.

28. Oktober 1785

Liebste Lisa,

Gestern hatte ich den allerbesten Einfall! Ich bin unglaublich aufgeregt und finde mich sehr schlau, weil ich einen solchen Gedanken hatte. Ich habe mich Mama anvertraut und sie glaubt, meine Idee könnte wirklich funktionieren! Sie hat mich ermutigt, einen weiteren Brief zu schreiben, um zu sehen, ob es möglich ist. Ich habe sie so fest umarmt, dass wir beide fast erstickt wären. Ich bin so glücklich, einen Plan zu haben, aber auch aus einem anderen Grund, und muss Dir die Neuigkeiten aus unserer Familie berichten, bevor ich Dir von meinem neuen Plan erzähle.

Gestern Abend beim Abendessen haben Mama und Papa die allerschönste Ankündigung gemacht. Wir werden im neuen Jahr ein neues Familienmitglied begrüßen dürfen! Keine Person, Dummchen. Ein Baby. Einen kleinen Bruder oder, wenn ich meine Finger die ganze Zeit gekreuzt halten könnte, um das Ergebnis zu beeinflussen, würde ich das, obwohl Mama vorschlug, ich solle eher dafür beten, nämlich, dass wir eine kleine Schwester für unsere Familie bekommen. Ja, wirklich!

Mama ist *enceinte* und es soll im nächsten Jahr kommen. Es war für sie und Papa ebenso überraschend wie für Granny Kate und mich. Meine Brüder sind natürlich auch aufgeregt, aber sie haben keine Ahnung, dass das Baby erst im Februar ankommen wird, was für sie so gut wie in hundert Jahren ist. Ich kann vorhersagen, dass sie jeden Tag, wenn sie zum Frühstück kommen, fragen werden, ob das Baby schon da ist. Und wenn meine kleine Schwester endlich auf der Welt erscheint, wird ihr Schreien und Weinen sie so schnell aus der Tür rennen lassen, wie sie können.

Aber nur, weil wir noch ein Baby in der Familie haben werden und, wenn Wünsche wahr werden, es ein Mädchen wird, heißt das nicht, dass ich meine Blacklands-Schwester je vergessen würde. Weshalb ich mir den wunderbarsten Plan ausgedacht habe, um dich suchen zu lassen.

Erinnerst Du Dich, dass ich Dir in der Schule von meinen mächtigen Verwandten erzählte, die mich lieben? Ich bin mir sicher, dass Du das nicht vergessen hast. Und diese mächtigen Verwandten werde ich dafür einspannen, um Dich zu finden, denn wozu sind mächtige Verwandte gut, wenn sie mir nicht helfen können? Und Mama versichert mir, dass sie helfen und mir meinen Wunsch nicht abschlagen werden.

Wenn es eine Person auf dieser Welt gibt, die Wünsche erfüllen kann, dann ist es die Cousine meiner Mama, *Mme la duchesse de Kinross*, die ich gerne als meine Feenpatin betrachte. Ihr ältester Sohn ist der Herzog von Roxton und seine Frau, die Herzogin, ist meine Tante. *Mme la Duchesse de Kinross* wird Dich finden. Ich weiß es. Sie würde alles tun, was hilft, mich glücklich zu machen und sie wird ihren Sohn, meinen Onkel Roxton, bitten, alle ihm zur Verfügung stehenden Mittel einzusetzen, die sie beide haben, um Deinen Aufenthaltsort ausfindig zu machen.

Wie schwer kann das sein, wenn ich Deine letzte bekannte Adresse habe? Mama glaubt, wie ich auch, dass die Herzogin alles in ihrer Macht Stehende tun wird, um uns bei der Suche nach Dir zu helfen, vor allem, weil ich ihr gesagt habe, dass ich Dich, und nur Dich, als Brautjungfer haben will. Wie kann ich Jack heiraten, ohne Dich an meiner Seite zu haben?

Ich bin so zuversichtlich, dass die Herzogin Dich finden wird, dass ich weniger melancholisch und viel hoffnungsvoller bin. Mama sagt, es hat mich wieder zum Lächeln gebracht. Denn obwohl der Gedanke, eine kleine Schwester zu haben, mich so viel besser fühlen ließ, werde ich doch erst wieder ganz ich selbst sein, wenn wir beide wieder vereint sind.

Ich schließe den Brief jetzt, meine allerliebste Freundin, denn ich muss mich darauf konzentrieren, an *Mme la duchesse de Kinross* zu schreiben. Anders als meine Briefe an Dich, die vertraulich bleiben, werde ich Mama meinen Brief an Ihre Gnaden lesen lassen, weil ich möchte, dass er perfekt ist und ich ihre Hilfe möchte.

Ich habe auch vor, *Mme la duchesse* die Einladung zu meiner Hochzeit für Dich zu schicken, die zusammen mit diesem Brief an Dich übergeben werden kann, wenn sie Dich findet, und sie wird Dich finden!

Deine ganz besondere und liebste und ewige Freundin und Blacklands-Schwester,

Teddy

[Deborah, Herzogin von Roxton, an Sir John Cavendish. Undatiert, aber in der Nacht vor der Hochzeit des Neffen Ihrer Gnaden mit Miss Theodora Cavendish im Juli 1786 übergeben.]

Lieber Jack,

Ich wollte Dir diesen Brief über meine Gedanken an diesem Vorabend deiner Hochzeit schreiben, damit Du ihn immer behalten kannst. Du sollst wissen, dass Du, auch wenn Du jetzt dieses neue Kapitel Deines Lebens als verheirateter Mann beginnst, mit aller Verantwortung und aller Freude, die dazu gehören, und in nicht allzu ferner Zukunft außerdem Vater einer eigenen Familie sein wirst, nie die Liebe und Sorge Deiner Mutter verlieren wirst. Denn das war ich eigentlich für Dich, seit Dir in so jungen Jahren Deine eigenen, lieben Eltern genommen wurden.

Ich habe mich immer bemüht, mein Bestes für Dich zu tun und Dir die Liebe und den Schutz einer Mutter angedeihen zu lassen, selbst, wenn ich in meiner Jugend noch keine richtige Vorstellung davon hatte, was es heißt, eine zu sein. Aber weißt Du, mit der Geburt meines ersten Sohnes und allen weiteren Geburten lerne ich doch immer noch, was es heißt, eine Mutter zu sein. Ich habe an Dich immer wie an mein eigenes Kind gedacht und Dich in ihre Zahl eingeschlossen.

Denn Du bist in vieler Hinsicht mein Erstgeborener, auch wenn ich Dich nicht selbst geboren habe. Ich habe Dich geliebt, beschützt, Dir Schutz und Führung gegeben, und mich um Dich gesorgt, und Du hast niemals mich oder ein anderes Familienmitglied enttäuscht. Ich bin so stolz auf dich, auf den Jungen, der du warst, und auf den Mann, der du geworden bist.

Du hast große Fähigkeiten zu Mitgefühl und Liebe. Und da ich auch musikalisch bin, kann ich diese Gefühle in Deinen Kompositionen hören. Es ist nicht verwunderlich, dass Deine Stücke das Publikum oft zu Tränen rühren. Diese Gefühle zeigen sich nicht nur in Deiner Musik, sondern auch darin, wie Du andere behandelst.

Du bist der großartigste Freund, den Harry sich je wünschen könnte und Ihr steht Euch so nahe, wie es sonst nur Brüder könnten. Ich weiß, dass seine Eltern und sein Bruder so dankbar waren, dass Du damals in Harrys Leben tratest, denn ich zweifle nicht daran, dass sie fürchteten, er könnte wegen seiner verschlossenen und melancholischen Art nie Freunde finden. Doch angesichts seines Leidens ist das verständlich, nicht wahr? Trotzdem warst Du immer ein sehr loyaler Freund und sein Beschützer, und ich bewundere Dich sehr dafür.

Und wenn wir von Zurückgezogenheit sprechen, muss ich Dich wegen meiner eigenen Abgelenktheit um Verzeihung bitten. Ich habe die Entschuldigung von Schwangerschaften und Geburten von acht Kindern in zehn Jahren, dazu die Verantwortung, die zu meiner Stellung als Ehefrau und Herzogin Deines Onkels Roxton gehören. Doch das lässt mich nicht weniger bewusst sein, dass ich seit meiner Heirat meine mütterlichen Pflichten, soweit es Dich betrifft, vernachlässigt habe und Dich einfach in Harrys Gesellschaft forttreiben ließ, obwohl Ihr nur teilweise unter ordentlicher Aufsicht standet, vor allem in dieser Übergangszeit zwischen dem Tod von *M'sieur le duc* bis Dein Onkel Roxton selbst Herzog wurde.

Ich hoffe, Du weißt, dass ich immer für Dich da war und immer da sein werde.

Von Zeit zu Zeit hast Du mich um Rat gebeten und ich hoffe, ich habe Dir immer gute Ratschläge erteilt. Ich hoffe auch, dass Du weiterhin zu mir kommen wirst, wenn Du die Meinung von jemandem hören willst, der nicht zu Deinem Haushalt gehört, Dir aber immer innerhalb eines Rahmens von Liebe und Lenkung aufrichtig ihre Meinung sagen wird. Du stehst auf eigenen Füßen und ich respektiere das. Doch Eltern sorgen sich auch noch immer um Männer, vor allem die Mütter, die sie immer als ihre kleinen Jungen betrachten werden. Daher verzeihe mir, wenn ich gelegentlich eine Umarmung und einen Kuss meines ältesten Sohnes wünsche. Ich glaube nicht, dass ich das jemals nicht mehr wünschen werde, daher musst Du mit Deiner lieben Tante Deb Nachsicht haben. Ich bin sicher, Du wirst Deine Kinder noch als Erwachsene auch umarmen und küssen.

Ich bin so stolz auf dich, Jack. Und ich sage ohne Rückhalt, dass Deine Eltern, vor allem Dein Vater, der der wundervollste Bruder war, den eine Schwester haben könnte, Dich unsäglich liebten, ebenso, wie ich es tue. Ich sehe viel von Deinem Vater in Dir, und ich meine damit nicht nur das musikalische Talent. Er hatte auch große Fähigkeiten für Verständnis und Liebe. Es war immer mein größtes Privileg, über Dich wachen, Dich zu lieben und zum Mann heranwachsen zu sehen, zu einem Gentleman, den mein lieber Bruder Otto, Dein Vater, stolz gewesen wäre, seinen Sohn nennen zu dürfen.

Ich weiß, Du wirst Teddy ein wundervoller Ehemann sein, ein liebender Vater werden und Ihr werdet beide ein glückliches und erfülltes Leben haben. Wenn ich euch für die Ehe einen Rat geben darf ... Am Ende eines Tages, wenn die Kerzen gelöscht sind und Ihr allein beieinander seid, ist es, als ob es auf der Welt nur Euch beide gäbe, und so soll es auch sein. Seit freundlich und liebevoll zueinander; nichts anders ist wirklich wichtig.

Mit aller Liebe einer Mutter,
Tante Deb

[Seine Gnaden, der hochedle [5.] Herzog von Roxton an Lord Henri-Antoine Hesham, wann immer dieser beschließen sollte zu heiraten. Vermutlich geschrieben im Dezember 1772, Siegel gebrochen Juli 1786.]

Mein liebster Sohn,

Also hast Du die Liebe Deines Lebens gefunden und wirst heiraten. Glückwunsch. Ich freue mich sehr für Dich.

Ich bezweifle nicht, dass das Mädchen, das Dein Herz gewonnen hat, wirklich etwas Besonderes ist. Mit weniger würdest Du Dich nicht zufrieden geben, und das solltest Du auch nicht.

Soll ich Dir etwas über sie erzählen? Sie ist einzigartig. Wunderschön. Gebildet. Klug. Diese Worte kommen mir in den Sinn, wenn ich an sie denke. Sie ist dir geistig ebenbürtig. Sie bringt Dich zum Lächeln wegen etwas, das Du gar nicht für einen Grund gehalten hättest. Ihr lacht zusammen. Du fühlst Dich in ihrer Gegenwart leicht berauscht und hast mehr als nur ein wenig Ehrfurcht vor ihr, vor diesem Gefühl, vor dieser neuen Situation, in der Du Dich befindest, denn so lange hattest Du nicht geglaubt, dass Du jemals jemanden wie sie finden würdest. Vor allem kannst Du bei ihr Du selbst sein, und es gibt wenige Menschen in dieser Welt, denen wir je unser wahres Selbst zu zeigen wagen. Doch Du vertraust ihr und fühlst Dich daher völlig unbefangen. Es gibt keine Künstlichkeit, keine Verstellung, keinen Drang, zu beeindrucken oder beeindruckt zu werden. Ihr beide könntet den ganzen Tag auf einer Chaiselongue sitzen und kein Wort sagen, und doch ist es genau das, nicht wahr? Worte sind manchmal nicht nötig, um Gefühle zu vermitteln. Nur bei ihr zu sein, in der Gesellschaft des jeweils anderen, ist genug. Du fragst Dich, ob Du erwachen wirst und sehen, dass dies alles nur ein Traum war, dieses Gefühl, dieses Mädchen, die Zukunft, die du so unbedingt nur mit ihr und keiner anderen teilen willst. Aber es ist kein Traum, mein Sohn, und du wirst den Rest deines Lebens damit verbringen, diesen Traum zu leben – mit ihr.

Woher ich das weiß? Weil es genau das ist, was ich bei Deiner *maman* empfinde, und fast seit dem Tag unserer ersten Begegnung gefühlt habe. Ich werde Dir von diesem Tag erzählen, doch zuerst hat Dein *papa* ein paar weise Worte über die Ehe, die er mit Dir teilen möchte. Und wieder beginnt es mit Deiner geliebten *maman*.

Du hast eine Mutter, die gelehrt und liebevoll ist und für die Gefühle alles bedeuten. Deine Eltern liebten sich während ihrer ganzen Ehe auf das Innigste. Und Du hast einen Bruder, dessen Ehe zwar arrangiert wurde, der jedoch seine Frau sehr liebt und sie ihn auch. Ich bin überzeugt, dass diese Vorbilder ehelicher Zufriedenheit Dir sicher jeden Beweis geliefert haben, den Du brauchst, um zu glauben, dass es möglich ist, sich zu verlieben, auf Dauer zu lieben und ein liebendes und erfülltes Leben mit dem richtigen Partner an Deiner Seite zu führen.

Denn das ist eine Ehe, mein liebster Junge, eine Partnerschaft in Liebe und gegenseitigem Respekt, und es ist eine Verpflichtung für das ganze Leben. Ich wage zu hoffen, dass sie sich auch über diesen sterblichen Körper hinaus auf das ewige Leben erstreckt, damit ich wieder mit Deiner Mutter zusammen sein werde, wenn ihre Zeit gekommen ist, und sie imstande sein wird, zu mir zu kommen.

Aber eine Ehe ist nur dann erfolgreich, wenn beide Seiten ihr ganzes Herz in diese Vereinigung legen, in Gefühl wie in Verstand, und zu gleichen Bedingungen. Anders wird es nicht funktionieren. Halbherzig damit zu leben, würde das Leben unerträglich machen. Ihr würdet füreinander eine Last werden und Euch beide eingesperrt fühlen. Es würde etwas, dem du zu entfliehen suchen würdest. Und warum auch nicht? Ehemänner können das. Ich habe dies immer wieder bei anderen Männern gesehen. Die Frau wird verlassen, sie nehmen sich eine Geliebte, leben vielleicht auch mit einer, und tun alles Notwendige, um dem Käfig ihrer Ehe fernzubleiben. Ich verurteile sie nicht. Das kann ich nicht. Denn den größten Teil der Zeit, bevor ich Deine *maman* kennenlernte, war ich Teil einer so prekären und leeren Lebens und dachte nicht weit darüber hinaus. Doch mit höherem Alter und vielen Jahren des Nachdenkens kann ich Dir versichern, dass nichts einem Leben mit deiner Seelenverwandten gleichkommt, so sehr ich auch jene Jahre zuvor ungehindert genossen haben mag. Nichts kommt dem Leben, das Deine Mutter und ich teilten, gleich, und dem Leben, das wir mit Dir und Deinem Bruder als Familie hatten.

Doch Dein *papa* hat nicht vor, Dir eine Predigt über die Ehe oder die Liebe zu halten, sondern wollte Dir nur ein paar persönliche Gedanken übermitteln. Du hast Deinen Entschluss getroffen, sonst hättest Du diesen Brief nicht geöffnet ...

Ich wage, das zu hoffen, dass Du diesen Brief nicht erst im Nachheinein liest, nach Deinem eigenen, als trauriger, zynischer alter

Lebemann verbrachten Leben, der nie die Liebe gefunden hat oder noch tragischer, die Liebe seines Lebens sich hat durch die Finger schlüpfen lassen, weil Dein Stolz oder Deine Eitelkeit oder ähnliche solche Dinge es Dir erlaubten, dein Bedauern zu entschuldigen. Meine Hoffnung ist, dass Du die Liebe Deines Lebens viele Jahre früher gefunden hast, als ich es tat, damit Du so viele gemeinsame Jahre mehr haben werdet, als ich mit Deiner geliebten Mutter verbringen durfte.

Lass mich Dir ein Geheimnis verraten, das in Wahrheit gar kein Geheimnis ist. Ich stand vor dem Abgrund, mein Leben genau so zu verbringen, wie ich gerade beschrieb, als trauriger, zynischer alter Lebemann, als Deine *maman* in mein Leben trat (oder sollte ich schreiben, wirbelte?). Zu jener Zeit war ich nicht traurig und hielt mich nicht für alt. Ich war jedoch ganz entschieden zynisch. Ich hatte auch keinen Wunsch, die Art und Weise, wie ich lebte, zu ändern. Ich war ein großer Wüstling, der mit jeder willigen Frau geschlafen hatte, die mir gefiel; es gab einen guten Grund, warum ich den Spitznamen ‚der edle Satyr' bekam. Und da Du jetzt ein Mann bist und kein Junge mehr und vermutlich Deinen guten Anteil von Schlafzimmereskapaden hinter Dir hast, kann ich Dir anvertrauen, dass, obwohl ich diese Begegnungen genossen habe - tatsächlich sind einige meiner Geliebten meine lebenslangen Freundinnen geworden - sie mir nur körperliche Befriedigung verschafft haben. Jede emotionale Beziehung war nur flüchtig oder doch nicht tief genug, um meine Gefühle zu beeinflussen. Erst, als ich Deine *maman* traf, erkannte ich, dass keine meiner Geliebten wirklich mein Herz gewonnen hatte.

Erinnerst Du Dich, wie ich Dir in einem früheren Brief die Geschichte über den Schrank erzählte, in dem ich mein Herz in einem Glas einschloss, als ich ein Junge war, und wie Deine *maman* dieses Glas fand? Habe Geduld mit mir, während ich mich daran erinnere, wie Deine *maman* mein Herz aus seiner

Gefangenschaft befreite, nur, um es selbst gefangen zu nehmen. Dies hat einen Grund, das versichere ich Dir.

Ich werde mich immer an das erste Mal erinnern, als ich Deine *maman* erblickte. Es steht mir so deutlich vor Augen, wie damals, vor dreißig Jahren. Ich schlenderte mit einer Gruppe von Freunden durch die Gärten des Palasts von Versailles. Ich erinnere mich, mit wem ich zusammen war, meiner damaligen Mätresse und unseren Freunden und einer Reihe französischer Adliger, doch ich erinnere mich nicht mehr an das Gesprächsthema. Ich weiß noch, dass der Tag bewölkt war und Regen drohte, daher sprachen wir darüber, nach drinnen zurückzukehren. Und dann, als ob die Wolken sich geteilt hätten und die Sonne herausgekommen wäre, war sie da, Deine *maman*, und kam direkt auf mich zu. Ich blieb stehen. Ich starrte sie an. Ich vergaß den Satz, der mir auf der Zunge gelegen hatte. Die Uhr schien sich langsamer zu drehen. In meiner Abgelenktheit hätte der Himmel sich öffnen und mich mit Regen übergießen können, es hätte keine Rolle für mich gespielt, ich hätte es nicht bemerkt, so wenig nahm ich meine Umgebung noch wahr. Deine *maman* war das schönste Geschöpf, das mir je unter die Augen gekommen war, und glaube mir, dass ist nicht wenig gesagt, denn ich war immer von schönen Frauen umgeben. Doch an ihr war noch etwas, etwas, das ich in jenem Augenblick nicht ganz greifen konnte, doch es ging über rein körperliche Schönheit hinaus. Sie war und ist noch immer die schönste Frau, die ich je das Vergnügen hatte, bewundern zu dürfen, doch an ihrer Schönheit war noch so viel mehr. Siehst Du, sie strahlte auch Sonnenschein aus, und alles, was in der Welt Gutes war. In Wahrheit strahlte sie Liebe aus und hat es immer getan.

Natürlich war ich so verwirrt, dass ich nicht verstand, was mit mir geschah. Und lange Zeit konnte ich es nicht glauben, dass ich, der edle Satyr, in meinem siebenunddreißigsten Lebensjahr von Amors Pfeil getroffen worden sein sollte. Ich weigerte mich, den Gedanken zuzulassen, dass ich mich in ein Mädchen verliebt haben könnte - denn sie war kaum mehr als das. Sie war erst zwanzig (obwohl sie mir wegen ihres Alters etwas vorschwindelte, denn in Wahrheit war sie kaum achtzehn), und ich fand sie zu jung für mich. Ich widerstand dem, was mein Herz mir sagte und wichtiger noch, dem, was Deine *maman* für selbstverständlich hielt. Unsere Liebe war Schicksal. Wir waren füreinander bestimmt. Nichts anderes spielte eine Rolle. Die Meinungen anderer waren unwichtig. Alle und jede Einwände waren nichtig, und dazu gehörte auch mein großes Zögern, weil ich mich für zu alt hielt, um sie zu heiraten.

Ich tat mein Bestes, um mein Herz zu ignorieren, suchte Ausrede um Ausrede, warum ich nicht meinem Herzen folgen und deine *maman* heiraten sollte. Natürlich setzte sie sich am Ende durch, und ich danke Gott, dass ich unterlag!

Der Punkt dieser Geschichte ist, liebster Sohn, dass kein Hindernis unüberwindlich ist, keine Ausrede plausibel und Du solltest nie an Dir zweifeln, wenn es um Dein Herz geht. Glaube das, was dieses entschlossene Organ Dir sagt. Erfreue Dich an den Gefühlen, die Du erlebst, und vertraue darauf, dass alles, was wirklich wichtig ist, die Tatsache ist, dass Du Dich verliebt hast und die Liebe Deines Lebens heiraten wirst. Es ist so bestimmt.

Ich kann Dir einen weiteren Beweis für das Schicksal geben, durch den beiliegenden Ring, einen Ehering. Er gehörte meiner Mutter, die meinen Vater heiratete, als sie sechzehn war und er zwanzig Jahre älter als sie (die Ironie, dass die Geschichte sich wiederholt, wird Dir sicher auch nicht entgehen). Sie heirateten gegen den Willen ihrer und seiner Familie. Sie war Katholikin, er Protestant. Und sie heiratete ihn unter großen persönlichen Opfern, denn ihre Familie verstieß sie, ebenso wie die Kirche.

Und dennoch heirateten sie und ihre Liebe hielt, bis zu dem Tag, an der er durch einen Sturz vom Pferd seiner Familie grausam entrissen wurde. Ich schrieb Dir davon in einem früheren Brief, du wirst Dich daran erinnern, daher werde ich nicht mehr über dieses schmerzliche Thema sagen. Meine Mutter heiratete nie wieder und blieb dem Andenken meines Vaters treu für die nächsten fünfzehn Jahre, bis sie endlich durch ihren Tod an Lungenentzündung wieder mit ihm vereint wurde.

Daher ist es mir eine große Freude, Dir den Ehering, der meiner Mutter, Deiner Großmutter, Madeleine-Julie Salvan Hesham, der Marchioness von Alston, gehörte, zu hinterlassen. Er ist ein Symbol der Liebe meiner Eltern und ihres Bündnisses gegen alle Widrigkeiten. Ich überreiche ihn jetzt Dir, damit Du ihn Deiner Braut gibst, als Symbol Deiner Liebe und Hingabe an sie, und aneinander. Ich weiß, sie wird ihn mit Stolz tragen und er wird ihrem Herzen ebenso teuer sein, wie er meiner Mutter war.

Ich werde Dir noch ein Geheimnis offenbaren, dessen Du Dir wahrscheinlich inzwischen bewusst bist, sodass es kein Geheimnis ist, denn nach diesem Brief, wie könnte es das noch sein? Deine *maman* hat es immer gewusst, ebenso wie Dein Bruder, der auch einen großen Glauben hat, obwohl er glaubt, das von *maman* geerbt zu haben. Ich glaube, er hat einen Teil von jedem von uns beiden erhalten. Ich bin ebenso sentimental und emotional und glaube ebenso an das Schicksal wie Deine liebste *maman*. Ich hoffe, nein, ich bin sicher, Du auch.

Heirate sie, Henri-Antoine. Mit der Liebe Deines Lebens an Deiner Seite kannst Du alles erreichen, was Du Dir vorgenommen hast. Du wirst ein ungewöhnliches Leben haben, eines voller Glück und Wunder und Zufriedenheit. Doch am allerwichtigsten, es wird ein Leben voller Liebe sein.

Bring sie zu mir her, um sie mir vorzustellen. Ich kann es nicht erwarten, sie kennenzulernen.

Ich liebe Dich von ganzem Herzen, mein liebster Sohn, und wünsche Dir ein Leben voller Freude.

Dein Dich liebender *papa*,
R

[Sir John Cavendish an Miss Theodora Cavendish. In weiblicher Handschrift ist auf der Rückseite vermerkt: „Mir überbracht in der Gatehouse Lodge bei Morgengrauen, an dem Morgen nach dem Vorfall auf dem Cricketfeld".]

Juli 1786

Liebste Theodora,

Ich möchte mich für mein entsetzliches Verhalten von gestern entschuldigen. Was musst Du von Deinem zukünftigen Ehemann halten, wenn er eine Schlägerei mit seinem besten Freund anfängt, noch dazu vor aller Augen! Ich weiß, was Onkel Roxton und Tante Deb denken. Ein trauriger, dummer Kerl, der es verdient, die Ohren langgezogen, in die Ecke gestellt zu werden und eine gute Strafpredigt zu hören zu bekommen. Und genau das passierte auch. Und ich verdiente jedes Wort, das Onkel Roxton mir an den Kopf warf, und während ich mich dadurch schon elend genug fühlte , was ja auch beabsichtigt war, hatte ich keinerlei Schutz gegen Tante Debs Enttäuschtsein von mir. Sie versuchte, nicht zu weinen, doch das tat sie dann doch und ich sah es und fühlte mich noch elender.

Tante Deb ist so sehr eine Mutter für mich, wie es nur möglich ist. Ich kann mich an meine eigene Mutter gar nicht erinnern, nur an Tante Deb, die mich ins Bett brachte, mir Geschichten vorlas und meine Ängste besänftige, dass keine Ungeheuer darauf warteten, sich aus meinem Kleiderschrank auf mich zu stürzen, sobald die Kerze ausgelöscht wäre. Sie war es, die meine Liebe zur Musik als erste ermutigte und mein Talent erkannte, und sie war die erste, die mir zeigte, wie ich meinen Bogen über die Saiten meiner kleinen Geige führen musste. Und weißt Du, Theodora, wenn ich darüber nachdenke, wundere ich mich darüber, wie sie im zarten Alter von nur siebzehn Jahren mich unter ihre Fittiche genommen hat und mich wie ihr eigenes Küken behandelt hat. Ich hätte zu entfernten Verwandten abgeschoben werden können, vielleicht sogar in ein Internat geschickt, aber nein! Sie wollte nichts davon hören und war entschlossen, dass ich eine Mutter und ein Zuhause haben sollte. Und dann heiratete sie Onkel Roxton, als ich neun war, und ich hatte das Gefühl, zum ersten Mal sowohl eine Mutter als auch einen Vater zu haben.

Nach Dir ist Tante Deb der Mensch, den ich auf der Welt am meisten liebe und ich schulde ihr alles, was ich bin. Und während ich den größten Teil meiner Jugend an Harrys Seite verbracht habe, war es doch Tante Deb, zu der ich ging, wenn ich mich nicht wohl fühlte und eine mütterliche Umarmung brauchte oder auch nur die Versicherung, dass alles auf der Welt in Ordnung wäre.

Und wie lohne ich ihr ihre mütterliche Freundlichkeit und Roxtons Fürsorge und Aufmerksamkeit? Indem ich Harry boxe und zu Boden schlage und mich mit Schande überhäufe! Nur so. Ich habe mich noch nie als größerer Narr gefühlt oder als undankbarer Esel. Ich habe sie enttäuscht, Onkels Roxton, meine Familie, Dich, meine Allerliebste, und Harry. Gott stehe mir bei! Wie ist es dazu gekommen, dass ich meinen besten Freund so hart geschlagen habe, dass er einen Anfall bekam? Mehr als alles andere hasse ich mich selbst dafür, dass ich mich vor deinen Augen so benommen habe, und fast am Vorabend unserer Hochzeit. Und ich hatte gedacht, dass alles wunderbar glatt liefe.

Während ich nachdenke, weil ich hier praktisch an Onkels Roxtons Schreibtisch gefesselt sitze, um diese Handvoll Entschuldigungsbriefe an alle wichtigen Leute zu schreiben, habe ich eine überraschende Entdeckung gemacht. Weißt Du, ich glaube, ich habe Dich geliebt, seit wir uns zuerst begegnete sind, als Du zehn Jahre alt warst. Nicht in dieser Weise, Dummchen. Nicht damals. Ich habe Dich zuerst als Cousine geliebt, dann als Freundin. Ich erinnere mich, wie ich dachte, dass du das tapferste Mädchen wärest, ja, die tapferste *Person*, die ich je getroffen hatte. Abgesehen von Harry - der sich täglich mit seinem Leiden auseinandersetzen muss, und das ist in sich schon tapfer genug, nicht wahr? - war es mehr, als ich je gesehen hatte, wie Du auf Bäume klettertest und überall herumgaloppiertest, furchtlos, eins mit der Natur und den Tieren, mit deinem sonnigen Lächeln herumhuschtest und so viel Lust am Leben hattest. Du hast Nero sofort geliebt und er Dich auch, und Du konntest nicht aufhören, ihn an dich zu kuscheln und zu loben, und so hast Du auch mich und mein Geigenspiel angenommen! Du hast nie ein unfreundliches Wort über meinen Wunsch, Musik zu komponieren, gesagt, Du hast immer Interesse gezeigt und mir zugehört, während ich dahinschwatzte oder spielte, als wäre ich der begabteste Mensch im ganzen Königreich.

Du warst so anders als andere Mädchen, dass ich zuerst gar nicht an Dich wie an ein Mädchen dachte. Lach nicht! Du weißt sehr gut, was ich meine! Und lange Zeit dachte ich an Dich wie an eine Freundin, obwohl ich mich schon damals fragte, ob wir zueinander passen und heiraten und den Rest unserer Tage als glückliches Paar verbringen könnten. Und dann hast Du mich an jenem Tag unter der Eiche geküsst. Das war eine Art Erwachen für einen Kerl wie mich, der noch nie ein Mädchen geküsst hatte, und doch hast Du mich geküsst. Das Schlimmste daran war, dass es mir die Augen für die Tatsache öffnete, dass du wirklich ein Mädchen warst! Und als Du mir sagtest, dass Du mich heiraten würdest, habe ich es nicht mit einem Lachen abgetan (wie Harry es tat, als ich es ihm erzählte), sondern war insgeheim froh, dass du genauso dachtest wie ich. Von jenem Tag an konnte ich mir niemand anders vorstellen, mit dem ich je wünschen könnte, den Rest meines Lebens zu verbringen.

Du weißt, dass ich Dich liebe bis zum Mond und zurück, Theodora, nicht wahr? Ich liebe dich. Ich liebe dich. Ich liebe dich. ICH LIEBE DICH.

Hättest Du mich an jenem Tag nicht geküsst, ich glaube, irgendwann wären mir die Augen aufgegangen, denn Du bist das schönste, entzückendste, geschickteste Mädchen, das ich je sehen werde und ich liebe Dich heute noch mehr als damals unter der Eiche und sogar noch mehr als an dem Tag, an dem ich Dich bat, mich zu heiraten.

Ich weiß, dass alle unsere Ehe wünschen und sie sagen, es wäre die perfekte Verbindung von zwei Zweigen unserer Familie. Alle sind damit einverstanden, nicht wahr? Doch selbst, wenn sie nicht einverstanden wären und wir keine Cousins wären, würde ich Dich trotzdem heiraten wollen, und nur Dich.

Und das sage ich nicht nur, um wieder in Deiner Gunst zu stehen nach gestern! Also denk das nicht, Theodora. Ich sage dies aus ganzem Herzen. Ich hatte es für unsere erste Nacht als Mann und Frau aufheben wollen, doch ich sage es dir jetzt, mit Tinte, damit Du, wenn wir vor dem Pfarrer stehen, weißt, dass ich dies nicht tue, um unsere Familien zu vereinen, sondern weil Du das einzige Mädchen für mich bist, mit dem ich Kinder haben und den Rest meines Lebens verbringen möchte.

Ich weiß, dass ich zerstreut bin, mit dem Kopf in den Wolken und all das, mit meinem Geigenspiel und der Musik und dem Komponieren, doch vergiss nie, auch wenn dies ein großer Teil meines Lebens ist, bist nur Du diejenige, die mein Leben lebenswert macht. Ich schreibe meine Musik für dich. Ich werde für Dich im Parlament sitzen. Ich werde der beste Ehemann und der beste Vater unserer Kinder sein, alles nur, weil ich dich liebe. In Wahrheit würde ich alles tun, um dich glücklich zu machen.

Kannst Du mir mein abscheuliches Benehmen von gestern verzeihen? Ich werde heute Nacht nicht schlafen, vor Sorge, dass Du über den Mann, den Du liebst, schlechter denkst als gestern. Ich werde mich hassen, wenn Du mich für nichts anderes hältst als einen gewalttätigen Schläger, dem alles gleichgültig ist.

Ich kann nicht genau erklären, was dort draußen auf dem Feld geschah, nur, dass Harry etwas zu Deiner besten Freundin sagte, was sich für einen Gentleman nicht gehört und mein Blut zum Kochen brachte. Ganz gleich, ob er wütend war und er und Miss Crisp einen hitzigen Streit hatten, er hätte das, was er sagte, niemals sagen dürfen, daher schlug ich zu, was ein Fehler war, aber ich konnte nicht anders. Wieder, das kann keine Entschuldigung sein, aber es ist passiert, und ich kann nur nach vorn sehen und jedermann um Verzeihung bitten.

Ich brenne darauf, Dich zu heiraten, meine Theodora, also bitte, bitte, bitte, vergib Deinem Sir John seine Dummheit und sage, dass Du mich noch immer so lieben wirst wie ich Dich liebe und dass Du übermorgen meine Lady Cavendish werden wirst.

Dieser Brief wird mit einem Kuss und einem großen Haufen Sorgen besiegelt, den nur du abtragen kannst.

Dein Dich immer liebender
Sir John

*[Eintrag aus dem Tagebuch von Antonia, Herzogin von Kinross.
Nicht der vollständige Eintrag diesen Tages.
Übersetzt aus dem Französischen.]*

6. Juli 1786

Renard, heute hat Henri-Antoine sich verlobt. Hast Du, ebenso wie ich, jemals gedacht, dass dieser Tag kommen würde? Du wärest mit seiner Wahl zufrieden. Lisa ist ein liebes Mädchen und natürlich ist sie sehr schön. Das muss sie sein, nicht wahr, um Henri-Antoines Interesse zu wecken. Ach! Aber um es zu behalten und ihn dazu zu bringen, dass er nur sie möchte, muss sie wirklich etwas ganz Besonderes sein. Und das ist sie. Sie ist intelligent, unprätentiös, aufrichtig und geradeheraus. Sie spricht sehr gut Französisch. Sie erinnert mich an einen Schwan, der mit angeborenem Selbstvertrauen und Anmut durch das Leben gleitet. Sie hat auch nichts Künstliches an sich. Dies und ihre Bescheidenheit sind die Eigenschaften, die Julian am meisten beeindrucken. Was das nicht zu erwarten? Deb ist auch so. Und ein Adliger von Henri-Antoines Rang braucht eine Frau, die ihm nicht im Geringsten schmeichelt. Doch das Beste von allem ist, dass Lisa eine innere Schönheit hat, eine Schönheit, die von innen heraus strahlt. Dies ist eine seltene Eigenschaft bei einer schönen Frau, nicht wahr? Etwas, das Du immer von mir gesagt hast. Und wie

Du hätte sich unser Sohn sonst nicht in sie verliebt. Sie besitzt auch Charakterstärke und Zielstrebigkeit, ist voller Optimismus, Liebe und habe ich dir gesagt, dass sie so klug ist? Ja, natürlich habe ich das gesagt. Du siehst, wie glücklich ich bin, dass ich mich selbst wiederhole!

Lisa hatte keinen guten Anfang im Leben und als arme Waise hat sie allen Widrigkeiten getrotzt. Allein dafür beneide ich sie. Ich kann Dir zuversichtlich sagen, dass sie würdig ist, zur Frau des Sohnes eines Herzogs erhoben zu werden, und nicht nur irgendeines Herzogs. Sie ist würdig, *deine* Schwiegertochter zu werden, und *unseres* Sohnes würdig.

Sie liebt Henri-Antoine bedingungslos und verteidigt ihn heftig und nimmt ihn in Schutz. Zu wissen, dass er jetzt die perfekte Partnerin hat, lässt mich so viel leichter atmen. Allein dafür werde ich sie stets lieben und schätzen. Natürlich ist Henri-Antoine völlig in sie vernarrt, so, wie es sein sollte, und auch darin ist er wie Du. Ich habe keinen Zweifel daran, dass er, wenn sie allein sind, bei ihr wirklich er selbst ist, in jeder Hinsicht. Selbst in den Augenblicken, wenn er in den Klauen seiner Krankheit ist und keine Kontrolle über sich hat, vertraut er darauf, sie an seiner Seite zu haben und Du weißt, dass er sehr lange niemandem so vertraut hat und ich daran verzweifelte, dass er es je tun würde. Und nun ist Lisa in seinem Leben und ich bin so glücklich. Renard, sie sind wirklich perfekt füreinander und so verliebt ...

Miss Lisa Crisp, c/o Seiner Gnaden, dem hochedlen Herzog von Roxton, Treat bei Alston, Hampshire, an Dr. und Mrs. Robert Warner, 9 Gerrard Street, Soho, London.

[Dieser Brief, zusammen mit anderen Schriftstücken, die sich auf die Fournier-Stiftung beziehen, wurde dem Roxton-Archiv von Miss Wysteria Warner, der jüngsten Tochter von Dr. und Mrs. Robert Warners einzigem Sohn, dem angesehenen Chirurgen und Treuhänder der Fournier-Stiftung, Dr. George de Crespigny Warner, großzügig zur Verfügung gestellt. In Tinte ist auf der Rückseite dieser Satz vermerkt: Durch persönlichen Kurier Seiner Gnaden überbracht und innerhalb einer Stunde von Dr. Warner beantwortet.]

c/o Seiner Gnaden, dem hochedlen Herzog von Roxton,
Treat bei Alston, Hampshire
Juli 1786

Sehr geehrter Dr. Warner und Cousin Minette,

Ich schreibe aus Treat, um Euch mitzuteilen, dass ich nicht in die Gerrard Street zurückkehren werde.

Ich weiß, dass dies für Euch beide ein großer Schock sein wird. Doch ich kann Euch versichern, dass mir nicht Unangenehmes zugestoßen ist. In der Tat habe ich wundervolle Neuigkeiten für

Euch und ich hoffe, Ihr werdet Euch ebenso für mich und meine neuen Umstände freuen, denn es ist das, was ich wirklich möchte, tatsächlich, was wir beide uns innigst wünschen.

Lord Henri-Antoine Hesham hat mich gebeten, seine Frau zu werden, ich habe den Antrag angenommen, und wir werden am Ende der Woche heiraten.

Wir sind verliebt, und während dies eine schnelle Werbung war, ist die Familie seiner Lordschaft mit unserer Verbindung einverstanden, wofür ich sehr dankbar bin. Es macht uns beide glücklich, dass Lord Henri-Antoines Familie, insbesondere seine Mutter, Ihre Gnaden die Herzogin - die die freundlichste, liebevollste Schwiegermutter ist, die ein Mädchen sich wünschen könnte - und sein Bruder und seine Schwägerin, Ihre Gnaden, der Herzog und die Herzogin, mich mit offenen Armen und offenen Herzen aufgenommen haben.

Ich schreibe auch, um Euch mitzuteilen, dass Seine Lordschaft an Onkel de Crespigny geschrieben hat, der mein gesetzlicher Vormund ist, um in aller Form seine Zustimmung für unsere Heirat zu erbitten. Seinem Brief ist ein anderer von seinem Bruder, dem Herzog, beigefügt. Beide Briefe wurden mit livriertem Kurier versandt, und der Diener soll auf sofortige zustimmende Antwort meines Onkels warten, damit die Pläne für die Hochzeit schnell vorangetrieben werden können. Dr. Moore, der Erzbischof von Canterbury, hat bereits unsere Sonderlizenz ausgestellt, so dass die Ehe den Segen der Kirche haben wird. Daher ist die Zustimmung meines Onkels, wie mir mein zukünftiger Ehemann und mein zukünftiger Schwager versichern, bloße Formsache, und eine, die, wie wir alle glauben, gern und freudig erteilt werden wird.

Die Hochzeit soll eine kleine, intime Veranstaltung innerhalb der engsten Familie werden und in der Familienkapelle der Roxtons stattfinden. Meine liebste Freundin, deren Brautjungfer ich war und die jetzt Lady Cavendish ist, soll meine Brautdame sein und ihr neuer Ehemann, Sir John, der der beste Freund Seiner Lordschaft ist, sein Trauzeuge. Es hat sich alles sehr gut und zu unserer allseitigen Zufriedenheit entwickelt. Ich weiß, dass es Euch nicht das Geringste ausmachen wird, dass ich keine Einladungen versandt habe, denn wie könntet Ihr, Dr. Warner, Eure wichtige Arbeit verlassen, um die ganze Strecke wegen etwas zu reisen, was eine sehr kleine Veranstaltung ist. Und da meine Tante und mein Onkel gerade aus Paris zurückgekommen sind, vermute ich, dass auch sie im Moment genug vom Reisen haben. Hinzu kommt die Kleinigkeit, dass wirklich nicht genug Zeit ist, wenn sich jemand so kurzfristig auf ein solches Ereignis vorbereiten wollte.

Ich habe die Absicht, meiner Tante und meinem Onkel zu schreiben, um ihnen meine Neuigkeiten mitzuteilen, obwohl dies nur eine Formalität ist, da der Brief nach der Bitte Seiner Lordschaft um ihre Zustimmung eintreffen wird. Zumindest wird mein Brief kein solcher Schock für sie sein, wie er es für Euch sein muss.

Ich hoffe, Ihr werdet Euch mit der Zeit mit der verblüffenden Veränderung meiner Umstände abfinden können und ich versichere Euch, dass ich mich in einen sehr liebevollen, freundlichen und großzügigen Mann verliebt habe und ihn heiraten werde, der zufällig der Sohn eines Herzogs ist und der Bruder eines anderen. Die Frau eines Mannes zu sein, der einen guten, ehrenhaften Charakter hat, wird mir eine große Ehre sein. Mein Aufstieg in der Gesellschaft, um an seiner Seite eine Lady zu werden, wird, das kann ich Euch versichern, meinen Charakter in keiner Weise ändern.

Ich hoffe, Ihr werdet mir erlauben, Euch einen Besuch abzustatten, wenn wir Ende September in die Stadt kommen und uns in unserem Haus in der Park Street eingerichtet haben.

Bitte gebt Klein-George einen Kuss von mir. Ich werde meine Besuche im Kinderzimmer vermissen.

Ich freue mich darauf, in nicht allzu ferner Zukunft wieder in Eurer Gesellschaft zu sein.

Eure Euch ergebene Cousine,
Lisa

Demnächst unter ihrem Ehenamen Lady Henri-Antoine Hesham

[*Tagebucheintrag von Lord Henri-Antoine Hesham.
Übersetzt aus dem Französischen.*]

11. Juli 1786

Liebster Papa, morgen heirate ich die Frau, der ich mein Herz und meine Seele geschenkt habe. Ich war noch nie von so viel Glück erfüllt und von so viel Optimismus für die Zukunft, und diese Gefühle empfinde ich nur wegen ihr. Lisa liebt mich vorbehaltlos und hat es mir so oft gesagt. Nicht, dass ich ihre Zusicherungen bräuchte, denn ich glaube ihr. Aber sie sagt es mir so gern und ich liebe es, wenn sie es sagt. Ihre Liebe hat eine Last von mir genommen, die zu lange schon auf meinem Herzen lag, eigentlich, seit Du uns verlassen hast. Denn, auch wenn ich immer *mamans* bedingungslose Liebe haben werde, ich habe mich doch meist an Dich gewandt, wenn ich Unterstützung brauchte, und Du warst es, der mich am besten verstand. Ohne Dich trieb ich auf dem Meer, von dem Du sprachst, und das schon viel zu lange. Doch jetzt habe ich bei Lisa einen sicheren Hafen gefunden, einen, in dem ich wirklich ich selbst sein kann; es ist der Ort, wo ich bleiben und von dem ich niemals fortgehen will.

Du wusstest es und hast es mir in allen Einzelheiten erzählt, wie ich mich fühlen würde, wenn ich mich verliebte, denn es ist das, was Du für *maman* empfandest, als du dich verliebtest und sie heiratetest. Und als Junge fragte ich mich, wie meine Eltern ihre Zeit miteinander verbringen konnten, ohne ein Wort miteinander zu sprechen und doch so glückliche und zufrieden aussehen konnten. Während ich auf der Chaiselongue lag, um mich zu erholen, pflegte ich Dich an Deinem Schreibtisch zu beobachten und *maman* in ihrem Lieblingssessel, oder neben mir auf der Chaiselongue. Du schautest gelegentlich von Deiner Arbeit auf, zu *maman*, während sie las oder wenn sie mir laut vorlas, und ich konnte sehen, wie Dein Mund sich von allein zu diesem Lächeln verzog, das Du nur für sie hattest. Ich frage mich, ob Du Dir dessen überhaupt bewusst warst. Ich glaube nicht, dass je bemerktest, dass ich Dich beobachtete. Vielleicht doch, und es war Dir egal. Die ganze Zeit fragte ich mich stirnrunzelnd, was sie gerade gesagt haben könnte, um Dich zu erheitern. Doch es war gar keine Erheiterung, nicht wahr, sondern das Lächeln begleitete ein Gefühl von völliger Zufriedenheit und Liebe, weil da die Frau saß, die Du über jede Vernunft hinaus liebtest und die Dich ebenso liebte und ihr zusammen wart und Du es kaum recht glauben konntest. Jetzt ertappe ich mich bei den genau gleichen Gedanken und Reaktionen, wenn ich mit Lisa zusammen bin. Es spielt keine Rolle, ob wir in einer großen Runde der Familie sind oder allein, nur wir beide. Und sie pflegt, wie *maman* es bei Dir tat, mein Lächeln wissend zu erwidern, oft ist das Lächeln nur in ihren Augen, aber ich sehe es und mein Herz macht einen seltsamen kleinen Satz und meine Kehle wird vor Gefühl trocken, im Wissen, dass sie mich wahrhaft liebt und dass sie weiß, dass ich sie liebe, und dennoch haben wir kein Wort gewechselt. Ist das nicht das wunderbarste Gefühl?

Wir werden Dich morgen nach dem Hochzeitsfrühstück besuchen. Lisa möchte ihren Brautstrauß zu Deinen Füßen ablegen und ich werde Dir alles über unsere geplante Hochzeitsreise erzählen, denn ich will sie mit ins Ausland nehmen.

Bonsoir, mon cher père.

*[Tagebucheintrag von Antonia, Herzogin von Kinross.
Übersetzt aus dem Französischen.]*

12. Juli 1786

Renard, heute hat unser kleiner Junge geheiratet. Ich freue mich so für ihn und für sie beide! Ich weiß, Du wärest ebenso glücklich und so sehr stolz auf Deinen Sohn.

Die Hochzeit war eine kleine Familienangelegenheit in unserer Kapelle. Henri-Antoine sah sehr schön und sehr ernst aus. Er war vermutlich ebenso nervös wie Du es an unserem Hochzeitstag warst. Obwohl ich glaube, dass kein Bräutigam jemals so nervös war wie du an unserem Tag! Natürlich war Lisa eine schöne Braut, und als Henri-Antoine sie sah, entspannte er sich genug, um zu lächeln. Renard, ich sage Dir, ich habe unseren Sohn noch nie so viel und einen ganzen Tag lang lächeln sehen! Er hätte das Lächeln nicht von seinem Gesicht vertreiben können, wenn er es versucht hätte. Aber ich glaube, das wollte er gar nicht. Er ist so glücklich. Sie sind so glücklich. Ihr Glück ließ mir Tränen in die Augen steigen und nicht nur mir.

Jack und Teddy hatten ihre Flitterwochen verschoben, damit Jack Henri-Antoines Trauzeuge sein konnte und Teddy Lisas Braut-dame (so, wie Lisa eine Woche zuvor die ihre). Zwei beste Freunde haben zwei beste Freundinnen geheiratet und es hätte sich nicht besser entwickeln können, wenn es geplant gewesen wäre. Alle vier jungen Leute sind über dieses Ergebnis überglücklich und ich kann vorhersagen, dass die beiden Paare in unvergleichlicher Nähe leben werden. Alle in der Familie sind auch hierüber entzückt.

Jonathon führte Lisa zum Altar und fühlte sich geehrt, weil sie ihn darum gebeten hatte. Er stolzierte stolz mit ihr am Arm den Kirchengang entlang, als ob sie tatsächlich seine eigene Tochter wäre. Elsie war aufgeregt, Lisas Blumenmädchen sein zu dürfen und klammerte sich den größten Teil während des Hochzeitsfrühstücks an sie, was ganz entzückend war. Julian und Deb und alle Kinder, Mary und Christopher mit ihren drei Kleinen, Cousin Charles, der sich geehrt fühlte, einer von Henri-Antoines Begleitern zu sein und dafür seine Rückkehr nach Frankreich verzögerte, und Kate Paget waren alle anwesend. Und natürlich traten die älteren Mitglieder von Henri-Antoines Haushalt in ihrem besten Sonntagsstaat auf. Michel Gallet hatte die Ehre, neben Jack, Charles und Frederick zu stehen; unser Enkel sah sehr anständig aus und stolz, von seinem Onkel so ausgezeichnet zu werden.

Die acht Burschen in ihren Livreen bildeten eine Ehrengarde und als das frisch verheiratete Paar zwischen ihnen her ging, als sie die Kapelle verließen, erhob sich unter diesen Riesenkerlen ein dreifacher, mitreißender Jubel. Dies war eine völlige Überraschung für Henri-Antoine und Lisa, die erstaunt waren und sich dann lachend in die Arme fielen, bevor sie sich umdrehten und den Burschen applaudierten, die sich ihrerseits mit höchstem Anstand verbeugten. Das brachte alle zum Lächeln und die Kinder jubelten zur Antwort. Wir setzten uns alle im Speisesaal der Familie zum Frühstück, wo Julian eine herzliche Rede hielt, um Lisa in der Familie willkommen zu heißen, was sein Bruder sehr zu schätzen wusste.

Morgen reisen Jack und Teddy nach Bath ab, um ihre Flitterwochen zu beginnen, während Henri-Antoine und Lisa ein paar Wochen in Treat bleiben, während sie ihre Hochzeitsreise planen. Sie wollen ins Ausland reisen, bis nach Konstantinopel. Henri-Antoine hofft, in dem Haus wohnen zu können, das wir vor all diesen Jahren gemietet hatten, als er ein kleiner Junge war. Sie werden auf dem Weg dorthin verschiedene medizinische Einrichtungen besuchen und sich mit Ärzten für die Arbeit der Fournier-Stiftung beraten.

Sie hoffen auch, Medikamente von den osmanischen Ärzten zu beschaffen, um Henri-Antoines Symptome zu lindern, wenn nicht seine Anfälle. Erinnerst Du Dich, dass, als wir uns mit diesen gelehrten Männern besprachen, sie rieten, da er zu der Zeit nur ein kleiner Junge war, zu warten, bis er älter wäre und wir sicher sein könnten, dass die Anfälle unheilbar wären, bevor sie ihm verschrieben, was sie für die an Fallsucht Leidenden empfahlen?

Und so sehr ich sie vermissen werde, eine solche Reise wird eine wunderbare Zeit für sie beide sein und ihnen Erinnerungen für das ganze Leben verschaffen.

Und wegen ihres gemeinsamen Interesses an der Förderung der medizinischen Wissenschaft hat Henri-Antoine Lisa zur Schirmherrin seiner Stiftung gemacht, als Hochzeitsgeschenk. Lord und Lady Henri-Antoine Hesham werden gemeinsame Schirmherren sein und den Stiftungsrat der Fournier- Stiftung leiten, um gleichberechtigt alle Entscheidungen über den Betrieb der Stiftung und die Verteilung ihrer Mittel zu treffen. Dies hat er in einer Art Vertrag niedergelegt und beabsichtigt, die anderen Treuhänder darüber zu informieren, wie die Stiftung jetzt, nachdem er geheiratet hat und seine Frau an all seinen Bemühungen teilhat, weiter geführt werden soll. Lisa ist begeistert von diesem

Geschenk. Es ist, als hätte unser Sohn sie mit Diamanten und Perlen überschüttet und ihr ein eigenes Schloss geschenkt. Natürlich kann er all diese Dinge auch tun, aber sie betrachtet diese Partnerschaft als das kostbarste Geschenk, das er ihr hätte geben können, und ich liebe sie umso mehr dafür. Es macht sie beide sehr glücklich, diese gemeinsamen Leidenschaften und Interessen zu haben. Sagte ich Dir nicht, dass sie perfekt füreinander wären?

Ich werde morgen Germanicus und Livia mitbringen, wenn ich Dich besuche, denn ich glaube, Du hast sie beide nicht gesehen, seit Livia geworfen hat. *Jusqu'à demain, mon amour.*

A

xo

Lady Henri-Antoine Hesham, Treat bei Alston, Hampshire, an Mrs. Harold Humphreys, Humphreys Kurzwarenhandlung, Ecke Gerrard and Princes Street, Soho, London.

1. August 1786

Dear Mrs. Humphreys,

Sehr geehrte Mrs. Humphreys,

Ich schreibe, um Eurer Nichte, Betsy Bannister, eine Stellung in meinem Haushalt als Herrin über die Garderobe und erste Näherin anzubieten. Sie wird einen ansehnlichen Monatslohn erhalten, ein jährliches Nadelgeld und ein eigenes Zimmer bekommen. Und während sie die Aufsicht über meine Kleidung und meine Schränke haben und eine jüngere Näherin beaufsichtigen wird, soll sie der Leitung meiner persönlichen Zofe unterstehen. Diese Stellung muss erst noch besetzt werden, das wird aber bald der Fall sein, und mit einer entsprechend qualifizierten und erfahrenen Frau. Anfang nächster Woche ist geplant, mit den Bewerberinnen zu sprechen. Sollte Betsy eintreffen, bevor über die Stellung als Zofe entschieden wurde, wird sie dem Haushofmeister, M'sieur Gallet, unterstehen.

Betsys Stellung ist so, dass sie, wie alle unsere obere Dienerschaft, zwischen unserem Stadthaus in der Park Street, Westminster, der Wohnung hier in Treat und dem Anwesen Seiner Lordschaft nahe Bath wird reisen müssen. Wie Euch sicher bewusst ist, gibt es in allen drei Residenzen Schränke, die gepflegt und Kleidung und andere Dinge, die von und zu den einzelnen Residenzen transportiert werden müssen. Auch diese müssen überwacht und gepflegt werden und werden Betsys Obhut unterstehen.

Die größte Herausforderung dieser Stellung könnte darin bestehen, dass Seine Lordschaft mich direkt zu Beginn ihrer Dienstzeit auf eine Hochzeitsreise nach Konstantinopel mitnimmt. Es ist mein Wunsch, dass Betsy Teil unseres Gefolges ist. Wir werden ungefähr neun Monate bis zu einem Jahr im Ausland sein. Auf unserer Reise wird sie, wie alle unsere Dienstboten, ungefähr zwanzig bis dreißig Personen, unter die Zuständigkeit des Haushofmeisters Seiner Lordschaft fallen.

Mir ist klar, dass dies eine Menge ist, was Ihr und Betsy aufnehmen müsst und es auch sehr kurzfristig kommt. In der Tat hätte ich gern Eure und Betsys Antwort innerhalb einer Woche, damit M'sieur Gallet unsere Reisevorbereitungen beenden kann. Und wenn Betsy dieses Angebot annimmt, und ich hoffe sehr, dass sie das tun wird, bin ich mir darüber im Klaren, dass Ihr unter ihrem Verlust und dem ihrer Hilfe im Laden und bei den verschiedenen Kunden, die Betsy zu Hause aufzusuchen pflegte, zu leiden haben werdet. Ich bin daher bereit, Euch eine Entschädigung für die Abwesenheit Eurer Nichte anzubieten und sofort einen Pauschalbetrag zu zahlen, ein halbes Jahr von Betsys Gehalt, damit Ihr die Mittel habt, um so bald wie möglich einen Ersatz zu finden.

Ich kann Euch versichern, sollte Betsy irgendwann feststellen, dass sie nicht fern von London oder von Euch leben möchte und sich nach England sehnt, wird sie auf unsere Kosten nach Hause geschickt, denn ich möchte sie nicht unglücklich sehen. Ich würde ihr natürlich ein Dienstzeugnis ausstellen. Ihr würdet mir auch nichts von dem an Euch gezahlten Geld zurückerstatten müssen, sollte Betsy lieber nach Hause zurückkehren.

Würdet Ihr bitte dies alles mit Betsy besprechen und so schnell wie möglich antworten? Die Kosten für einen Kurier, um die Antwort zu senden, werden von Seiner Lordschaft beim Erhalt bezahlt. Wenn ich Betsys Antwort habe und sie das Angebot annimmt, werde ich Vorkehrungen treffen, um Euch die Entschädigung sofort auszahlen zu lassen und die Kutsche Seiner Lordschaft wird Betsy abholen, zusammen mit allen Habseligkeiten, die sie gern mitbringen möchte.

Ich hoffe sehr, dass Ihr beide dies als eine Gelegenheit ansehen werdet, die es wert ist, ergriffen zu werden.

Herzlichst,
Lady Henri-Antoine Hesham

Lady Henri-Antoine Hesham, White House, Third Hill, Konstantinopel, an Ihre Gnaden, die hochedle Herzogin von Kinross, Leven Castle bei Kinross, Fife, Schottland.

[Übersetzt aus dem Französischen.]

White House, Third Hill, Konstantinopel
12. August 1787

Liebe Maman-Herzogin,

Ich hoffe, dieser Brief findet Euch, Papa Kinross und Elsie bei bester Gesundheit vor.

Bevor ich etwas anders schreibe, möchte ich, möchten wir, Euch aus tiefstem Herzen für das wirklich besondere und rührende Geschenk danken, das Ihr uns geschickt habt, um unseren ersten Hochzeitstag feiern zu helfen. Ich kann kaum glauben, dass es dreizehn Monate her ist, seit mein Leben sich für immer geändert hat. Die Monate sind nur zu schnell verstrichen, doch jeder war noch zauberhafter als der vorhergehende, und Ihr wisst aus unseren Briefen, wie unglaublich glücklich wir sind.

Euer Geschenk kam erst vor zwei Tagen an, daher war es wirklich eine wundervolle Überraschung! Keiner von uns hatte eine

Ahnung, was es sein könnte, obwohl Henri-Antoine es sofort wusste, als er die Holzschachtel aus der Kiste gehoben und die Verpackung abgelöst hatte. Er stellte die Schachtel auf den niedrigen Tisch vor uns und es war gut, dass wir auf den Polstern saßen, nur zollweit vom Boden entfernt, denn er schwankte und hielt sich an der Tischkante fest. Ihr könnt Euch denken, dass ich dachte, er fühlte sich unwohl, doch er versicherte mit, dass dem nicht so wäre. Bevor er den Deckel öffnete, strich er sanft mit den Fingern über die polierte Oberfläche des Kastens, so wie ich es von ihm beim Beruhigen eines verängstigten Hundes oder beim Streicheln einer Katze gesehen habe, als ob das Objekt Leben in sich hätte und ein geschätztes Haustier wäre. Und als er es langsam öffnete, um das eingelegte Innere und die darin enthaltenen Spielsteine und Becher zu enthüllen, standen Tränen in seinen Augen. Er war so überwältigt, dass ich schwieg, doch ich konnte es kaum erwarten, dass er mir die Bedeutung dieser Spielschachtel erklärte, und vor allem die besondere Bedeutung für ihn.

Als er mir erklärte, dass dies genau das Backgammonbrett wäre, an dem Ihr und sein Vater jeden Tag Eures Ehelebens gespielt hättet, war auch ich überwältigt und fand keine Worte. Er erzählte mir mit zitternder Stimme, wie er Euch beide immer von der Chaiselongue aus beobachtet hätte und wie oft er sich wie ein Eindringling gefühlt hätte, denn wenn Ihr Backgammon spieltet, vergaßt Ihr jeden anderen und es war, als wäret nur Ihr beide in der Bibliothek. Doch er erzählte mir auch, dass Ihr es wart, die ihn das Spiel lehrte. Und er erinnerte sich an den Tag, an dem er das erste Spiel gegen seinen Vater gewann und den ungläubigen Blick seines Vaters, dass sein achtjähriger Sohn ihn in seinem eigenen Spiel geschlagen hatte. Bei dieser Erinnerung musste Henri-Antoine schmunzeln. Obwohl er dann kaum glauben konnte, dass Ihr Euch von diesem so hoch geschätzten und geliebten Gegenstand getrennt habt.

Doch ich verstehe, warum Ihr das getan habt, und Ihr wisst, Maman-Herzogin, nicht wahr, dass wir dies ebenso hoch schätzen werden, wie Ihr es tut, für immer. Henri-Antoine hat Euch bereits geschrieben, um Euch zu danken, und er hat Euch zweifellos auch erzählt, dass ich eine völlige Anfängerin bei diesem Spiel bin. Obwohl ich sicher bin, dass Ihr das bereits wusstet. Wir haben beschlossen, Euer Geschenk dadurch zu ehren, dass wir jeden Abend spielen, während wir unseren türkischen Kaffee trinken. Ich bin sehr lernwillig und Henri-Antoine erweist sich bereits als geduldiger, wenn auch anspruchsvoller Lehrer. Ich habe einen Plan, mein Spiel zu verbessern, damit er mehr als nur ein wenig überrascht sein wird (und ohne Zweifel glauben wird, dass das alles auf seine überlegenen pädagogischen Fähigkeiten zurückzuführen wäre). Wenn er die Kaffeehäuser besucht (und Ihr wisst, dass sie für Frauen verboten sind), um eine Wasserpfeife zu rauchen und mit den Einheimischen Backgammon zu spielen, habe ich vor, mit Michel zu üben, der, wie es Henri-Antoine entschlüpfte, ein mehr als erträglicher Gegner ist. Auf diese Weise hoffe ich, seine Leistung als Achtjähriger nachzuahmen, und ihn in seinem eigenen Spiel zu schlagen - eines Tages!

Bitte dankt Elsie für ihren jüngsten Brief, in dem sie das schöne Aquarell ihres geliebten kleinen Kätzchens Blanche beigelegt hat und das vom Loch und den schönen lila Blüten. Ich habe sie und ihre Briefe in einem speziell gebunden Buch verwahrt, das ich in meinem Boudoir aufbewahre und ihr zeigen werde, wenn wir wieder zu Hause sind. Ich werde ihr ebenfalls noch schreiben, natürlich, doch ich werde diesen Brief nach Crecy schicken, damit er dort auf sie wartet, wenn Ihr dort Ende des Monats ankommt.

Erinnert Ihr Euch, dass ich Euch in meinem vorigen Brief von meiner Suche nach einer passenden Freundin für ihre Puppen schrieb? Nun, ich habe sie endlich gefunden! Mlle Yvette und Signorina Simonetta werden eine neue Freundin bekommen. Ich habe sie Sevil genannt, was auf Türkisch „geliebt" bedeutet. Und ich weiß, dass sie das werden wird. Sevil ist von der gleichen Größe wie Elsies andere Begleiterinnen und hat eine elfenbeinfarbene Haut, dunkle Augen und einen Mund wie eine Rosenknospe. Sie ist in das Kostüm einer Frau aus dem Harem des Sultans gekleidet, in Hosen, langem Überwurf und mit einem Turban auf den Haaren, alles in leuchtenden Seidenstoffen. Ihre Haare sind offen und so dicht, dass sie auf viele mögliche Weisen frisiert werden können. Ich habe Betsy gebeten, Sevil ein halbes Dutzend ähnlicher Anzüge aus verschiedenen Seiden zu nähen und ihr auch mehrere Paare passender Pantöffelchen zu machen. Wir haben auf dem Markt winzige silberne Reifen für ihre Hand- und Fußgelenke gefunden. Und ich habe einen der Schreiner beauftragt, eine besondere Kiste für sie zu bauen, mit Samt ausgeschlagen, in der sie liegen kann, und einen kleinen Kleiderschrank für ihre Kleider und verschiedenen Accessoires. Sie hat auch ein eigenartiges, winziges Instrument mit Saiten, das Tambur genannt wird (und wir haben ein Exemplar davon in Normalgröße als Geschenk für Jack), das gestimmt und gespielt werden kann, wenn man geschickt genug ist, vorsichtig an diesen Saiten zu zupfen. Ich kann es kaum erwarten, dass Elise und ihre Begleiterinnen Sevil kennenlernen. Henri-Antoine sagt, und er hat sehr recht damit, dass ich so aufgeregt bin, als ob es meine Puppe wäre, denn ich hatte wirklich große Freude daran, Sevil anzukleiden und ihre Accessoires in Auftrag zu geben.

Ich habe die zweite Ladung von Seide und Garn verpacken und verschiffen lassen, die Ihr angefordert habt und Henri-Antoine war zweimal in den Teppichlagern, um selbst nach den Fortschritten zu sehen. Da der Auftrag so groß ist, wird er von den Webern begrüßt, als ob ihr eigener Sultan zu ihnen gekommen wäre und wie Ihr Euch vorstellen könnt, enttäuscht er sie nicht, sondern spielt seine Rolle, ebenso wie die Burschen. Ich fand ein Kaffeeservice mit allen Teilen wie das, woraus Ihr und Henri-Antoine seiner Erinnerung nach bei Eurem Aufenthalt hier zu trinken pflegtet. Er sagt, es ähnele dem Reisegeschirr, das Seine Gnaden in Treat besitzt. Ich hoffe sehr, dass es Euch und Papa Kinross gefallen wird. Mir gefiel es so gut, dass ich vier vollständige Service gekauft habe: Eines für Euch, eines für Jack und Teddy, eines für das Stadthaus in der Park Street und eines für das Haus in Bath. Henri-Antoine beabsichtigt, in beiden Häusern ein Zimmer im osmanischen Stil einzurichten und hat alles bestellt, was für zwei ganze Räume notwendig ist, um unseren privaten Salon hier zu kopieren, alles, von den Seidenkissen, Wandbehängen, Tapeten, Teppichen (Ihr seht, warum die Weber ihn verehren!), niedrigen Hockern, Sofas und sogar zwei Wasserpfeifen. Man sagte mir, eine Nargilah wäre das gleiche wie die Hookah, die Papa-Kinross vom Subkontinent mitgebracht hatte. Henri-Antoine besteht darauf, dass Papa-Kinross eine zur Benutzung in Leven bekommt.

Mein lieber Mann erzählt mir, dass er von Seiner Gnaden in seinen Teenagerjahren in die Freuden des Rauchens aus der Wasserpfeife eingeführt wurde, obwohl das vielleicht etwas war, von dem er nicht wollte, dass Ihr es erfahrt, also bitte tadelt Papa Kinross nicht deshalb, maman-Herzogin. Doch die Erfahrung, die Henri-Antoine beim Gebrauch der Wasserpfeife hatte, war ihm hier sehr von Nutzen. Die Ärzte, die wir hier aufgesucht haben, haben ihm einen speziellen Kräutertabak gegeben, einen Ersatz für den gewöhnlichen Tabak, der in der Wasserpfeife verwendet wird, und sie versichern uns, er würde helfen, die

Symptome zu lindern, wenn er schon nicht das Auftreten von Anfällen verhindern kann.

Was das angeht, er hatte vor zwei Wochen einen sehr schweren Anfall, von dem ich annehme, dass er verursacht wurde, weil er sich von einem Anfall in der Woche zuvor nicht völlig erholt hatte. Und das nur, weil er darauf bestand, mich während der Tageshitze auf die Stoffmärkte zu begleiten. Ich hatte es so eingerichtet, dass meine Zofe Niven und Betsy mit mir gehen sollten und wie Ihr wisst, verlasse ich unser Anwesen nie ohne zwei der Burschen als Begleitung. Ich bin auf diese Weise schon mehrfach allein auf den Markt gegangen, doch Henri-Antoine war entschlossen und hartnäckig, dass er bei diesem Mal mit mir kommen würde. Ich weiß, dass seine Hartnäckigkeit nicht nur davon kam, dass er sich noch immer unwohl fühlte, sondern auch, weil es für ihn eine Frage seines männlichen Stolzes geworden war, mein Begleiter zu sein. Das lag daran, dass Sir Jonas Wetherby (ich erzählte Euch in einem früheren Brief von dem Gelehrten der orientalischen Sprachen, der zur Botschaft gehört), es wagte, im Occidental Club eine unachtsame Bemerkung unter dem Einfluss zu vielen Alkohols zu Henri-Antoine und vor anderen zu machen. Sir Jonas wagte es anzudeuten, dass Seine Lordschaft zu unbekümmert wäre, wenn er es einer solchen Schönheit (mir) erlaubte, ohne den Schutz ihres Ehemannes durch Konstantinopels Straßen zu gehen. Und auch wenn ich meine Zofe und livrierte Diener bei mir hätte, wäre das kein Ersatz dafür, dass eine jung verheiratete Frau den Arm ihres Mannes hätte. Dass ein Ehemann das beste und einzige Zeichen für die Einheimischen wäre, dass es sich um eine Frau handelte, die nicht nur wohlerzogen und in ihrer eigenen Gesellschaft von hohem Rang wäre, sondern auch mit dem höchsten Respekt zu behandeln sei und nicht von einheimischen Männern belästigte werden dürfte.

Ich weiß nicht, was Henri-Antoine am meisten ärgerte: Auf diese Weise über seine Manieren als Gentleman belehrt zu werden, dass er als nachlässiger Ehemann erschien oder dass Sir Jonas die Unverschämtheit besaß anzudeuten, die Einheimischen würden es je wagen, die Ehefrau Seiner Lordschaft zu ‚belästigen'. Vermutlich alles davon, schätze ich. Ganz gleich, dass Sir Jonas ein ziemlich dummer Mann ist, ungeachtet seiner Fähigkeiten als Übersetzer. Er mag gut bei seiner Arbeit sein, aber ihm muss es an grundlegendem Verständnis fehlen, denn jeder mit einem Hauch von Verstand hätte keine so unachtsame Bemerkung gegenüber einem gesellschaftlich höher Gestellten gemacht, schon gar nicht einem frischgebackenen Ehemann gegenüber und erst recht nicht Seiner Lordschaft.

Ich habe keine Ahnung, was Henri-Antoine zur Antwort gab, nur, dass der Stachel in Sir Jonas' Worten ihn weit eher aus dem Bett aufstehen ließ, als gut war. Ein Tag, den er damit verbracht hätte, das kühle Wasser unseres Tauchbads zu genießen und die Wasserpfeife zu rauchen, hätte ihm besser gedient. Doch mir war klar, dass es nutzlos sein würde, ihm diesen Vorschlag zu machen, wenn sein männlicher Stolz gekränkt worden war. Daher kam er mit mir. Um die traurige Geschichte kurz zu machen, der zweite Anfall war viel schwerer und es war erforderlich, dass die Burschen ihn in eine dunkle Gasse brachten, wo wir blieben, bis der Anfall abklang und sein Tragsessel geholt werden konnte, um ihn nach Hause zu bringen. Er wurde wieder ins Bett gebracht, wo er vier Tage lang blieb.

Es war der schlimmste Anfall seit unserem Aufenthalt in Padua. Und während ich volles Mitgefühl für sein Leiden habe, sagte ich ihm, dass es ihm recht geschähe, weil er nicht im Bett geblieben wäre, bis es ihm wieder ganz gut ging. Ich verkündete auch, dass ich mich unter allen Umständen weigern würde, unser Anwesen zu verlassen, es sei denn, es käme eine russische Invasion, wenn er mir nicht versichern würde, dass er sich ausruhen wollte, bis es ihm wieder gut ginge. Und wenn er das nicht verstünde, müsste ich vielleicht Sir Jonas rufen, um meine Worte in eine Sprache zu übersetzen, die er nicht nur verstand, sondern die einfach genug war, dass er sie auch begriff. Mein lieber Ehemann informierte mich darauf hin, dass er die Diener bereits angewiesen hätte, Sir Jonas den Zutritt zu unserem Haus zu verwehren, damit er diesen Narren nicht wieder ertragen müsste. Er knurrte noch ein wenig länger, entschuldigte sich aber dann. Der Blick betroffener Zerknirschung dabei (obwohl ich sicher bin, dass es ihm wirklich leidtat), brachte mich zum Kichern. Als Reaktion darauf musste er schmunzeln und alles war verziehen, obwohl er sich weigerte, Sir Jonas zu vergeben. Was, wie ich sagte, vernünftig war und wir küssten und versöhnten uns. Maman-Herzogin, dies ist die einzige Meinungsverschiedenheit, die wir in unserem ersten Jahr der Ehe hatten.

Was die mögliche Invasion der Russen angeht, weiß ich, dass über die Lage auf der Krim in den englischen Zeitungen berichtet wurde und Ihr Euch sorgen müsst, dass dieser Krieg zwischen Türken und Russen bis hier nach Konstantinopel kommt. Henri-Antoine sagt, dass in den Kaffeehäusern über nichts anderem als über den Krieg geredet wird, dass er bald kommen wird, denn der Sultan kann Catherine nicht erlauben, sich zu nehmen, was ihr nicht gehört. Dieser Zustand, mit dem unmittelbar drohenden Krieg und allem, was einer Nation bevorsteht, die sich einer Invasion gegenübersieht, bedeutet, dass wir bereits Vorkehrungen getroffen haben, um aufzubrechen und so bald wie möglich nach Hause zurückzukehren. Alle unsere Besitztümer, die nicht absolut notwendig für unser tägliches Leben sind, wurden bereits in Kisten verpackt und diese befinden sich bereits mit den Tragsesseln und Kutschen am Hafen, um auf das Schiff verladen zu werden. Wir reisen in einer Woche auf einem Segelschiff ab, um mit höchster Geschwindigkeit nach England zurückzukehren. Es ist nicht nur der bevorstehende Krieg, der uns dazu treibt, sondern auch, weil wir lange genug fort waren und wegen Teddys höchst wundervollen und lang ersehnten Neuigkeit!

Wir freuen uns beide so sehr, dass Teddy und Jack endlich Eltern werden sollen. Wir hatten dies seit einigen Monaten bereits erwartet und wagten nicht wider alle Hoffnung zu hoffen, dass es eher früher als später sein würde. Ich weiß, dass Teddy eher dankbar war, nicht gleich schwanger geworden zu sein, doch als die Monate vergingen tauchte in ihren Briefen ein Hauch von Besorgnis auf, weil es noch nicht dazu gekommen war. Und gerade, als ich ihren Brief erhalten hatte, in dem sie dieser Besorgnis Ausdruck verlieh, kam am nächsten Tag ein weiterer an mit der Nachricht von ihrer Schwangerschaft und dass das Kindchen im neuen Jahr erwartet wird, etwa um die Zeit des zweiten Geburtstages ihrer kleinen Schwester, was ein doppelt schönes Fest für beide Familien wäre. Wir freuen uns so darauf, zu dieser Geburt zu Hause zu sein und die Rolle vernarrter Paten zu übernehmen.

Das bringt mich dazu, die Frage zu beantworten, die Ihr in dem Brief vor dem gerade angekommenen Brief über meine Gesundheit gestellt habt. Natürlich weiß Henri-Antoine alles darüber, aber Ihr seid die einzige andere Person, der ich mich anvertrauen werde. Vielleicht werde ich es Teddy eines Tages erzählen, aber derzeit muss sie sich auf ihre eigene Gesundheit und ihr Kindchen konzentrieren.

Ich habe mich einer körperlichen Untersuchung unterzogen, durch eine der gelehrtesten und angesehensten Hebammen in dieser Stadt. Sie hat mehr Kindern auf die Welt geholfen als jeder männliche Arzt hier. Mein Dolmetscher versicherte mir, dass selbst die Frauen aus dem Harem des Sultans ihr ihr Leben und ihrer Fruchtbarkeit anvertrauen. Ich hätte es nie einem Mann, ganz gleich, wie gelehrt, erlaubt, mich auf diese höchst intime Weise zu untersuchen, aber ich fühlte mich in ihrer Anwesenheit und bei ihrem Auftreten überaus wohl. Und während ich weiß, dass Henri-Antoine die Aussicht, kinderlos zu bleiben, absolut nicht stört, und er es mit solcher Sicherheit sagt, dass ich es ihm glaube, sagte er auch, und Ihr werdet das richtig verstehen, dass meine Unfruchtbarkeit ein verborgener Segen wäre, da er nicht wünscht, ein Kind in die Welt zu setzen, das unter der gleichen Krankheit leidet wie er. Und ich müsste lügen, wenn ich Euch sagte, dass ich ihm da nicht zustimmte. Doch es gibt Zeiten, nicht sehr oft, wenn ich es meiner Vernunft erlaube zu schweigen und von anderen Möglichkeiten träume. Und in diesem Sinne und um meinen Seelenfrieden zu finden, erlaubte ich es der Hebamme, mich zu untersuchen.

Das Ergebnis war nicht, was ich erwartet hatte. Die Untersuchung selbst war für meine Würde unangenehmer als alles andere, und als sie sie beendet hatte, lächelte sie, also nahm ich es als gutes Zeichen. Durch den Dolmetscher sagte sie mir, ich wäre tatsächlich weiblich, was mich fragen ließ, ob bei der Übersetzung etwas verloren gegangen wäre, denn wir könnte ich etwas anderes sein, bis man mir erklärte (und vielleicht ist Euch dies bewusst, aber mir war es das mit Sicherheit nicht), dass es auf dieser Welt Frauen gibt - und das schockierte mich, obwohl ich ihr glaubte - die nach außen hin ganz wie Frauen aussehen, denen aber die Fortpflanzungsorgane fehlen, die nötig sind, um Kinder zu empfangen und auszutragen. Ich müsste lügen, wenn ich Euch sagte, dass mich dies nicht zutiefst beunruhigte. Doch nach der Untersuchung konnte sie mir versichern, dass ich tatsächlich eine Gebärmutter hätte. Dass also theoretisch ein Kind in mir wachsen könnte. Doch sie fügte hinzu, dass dieses Organ klein für eine Frau meines Alters wäre, selbst für eine, die nie Kinder geboren hat. Sie sagte, dies könnte für das Ausbleiben meiner Menstruation verantwortlich sein. Und es ist ihre auf ihrem Wissen gegründete Meinung, dass eine Empfängnis nur eine Frage der Zeit sein könnte. Sie sagte, da ich so jung wäre, hätte ich tatsächlich viele Jahre, ja Jahrzehnte, der Hoffnung.

Um offen zu sein, *maman*-Herzogin, wir wollen nicht Jahrzehnte in Hoffnung leben, und daher werden wir dieses neu erworbene Wissen beiseitelegen und weiter unser Leben gestalten. Ich habe vor, jeden Tag so zu leben wie jeden anderen seit meiner Heirat, und das ist als liebende Frau, Gefährtin und Helferin Eures Sohnes, den ich, wie Ihr wisst, so sicher, wie die Sonne an jedem Morgen aufgeht, mit jeder Faser meines Körpers liebe. Und wir werden uns auf die große Aufgabe konzentrieren, die vor uns liegt, um die Fournier-Stiftung nicht nur zu unserem, sondern auch zum Vermächtnis Monseigneurs und der Familie zu machen.

Dies wird Euch zum Kichern bringen. Die Hebamme verschrieb mir eine Kräutermedizin, die, wie sie sagt, die Fruchtbarkeit fördert. Ich habe keine Ahnung, ob sie in der beabsichtigten Weise nützlich sein wird, doch Henri-Antoine besteht darauf, dass ich es zumindest versuche. Insgeheim denke ich, dass er erfreut ist, nicht der einzige zu sein, der schlecht schmeckende Tränke einzunehmen hat, von denen wir ihm mit den besten Absichten sagen, er müsse sie um seiner Gesundheit willen ertragen. Also nehmen wir unsere Arznei wie brave Kinder, zusammen, unterdrücken beide das Bedürfnis, eine Grimasse zu schneiden, weil keiner der erste sein möchte, der nachgibt, und tun unser Bestes, von dem üblen Geschmack unbeeindruckt zu erscheinen. Keiner von uns möchte der erste sein, der den in Reichweite stehenden Becher mit Punsch ergreift, um sich den Mund auszuspülen. Daher bemühen wir uns, einander nicht anzusehen, wenn wir unsere Arznei einnehmen, vor allem, wenn

Diener anwesend sind. Doch wenn wir allein sind und wir es wagen, einander anzusehen und unsere Blicke sich begegnen, verlieren wir jedes Gefühl für Anstand und brechen in Kichern aus, und manchmal so sehr, dass wir keine Luft mehr bekommen. Wir fallen mit feuchten Augen in die Kissen. Einmal trat ein Diener ein, während wir uns in diesem albernen Zustand befanden und dachten, wir wären beide vergiftet worden, warf das Tablett in die Luft und rannte schreiend aus dem Raum. Dies brachte uns nur zum Lachen, besonders als Michel es wagte, uns mit einer Mischung aus Verzweiflung und Erheiterung anzustarren, wie ein Elternteil, der seine Kinder schelten wollte, dies aber nicht konnte, weil sie sich zu sehr amüsierten. Ihm zuliebe und um seinen Verstand zu retten, kamen wir wieder zur Besinnung und versuchten unser Bestes, uns zerknirscht zu zeigen, obwohl die Lachtränen noch über unsere Wangen liefen.

Habt Ihr je Henri-Antoine so heftig kichern sehen, dass er sich die Seiten halten musste? Es ist eine Freude, das zu sehen, und ein Privileg, denn Ihr wisst, wie streng er mit sich selbst ist und wie kontrolliert, wenn er in der Öffentlichkeit ist. Hat sein Vater je gekichert, wenn er mit Euch allein war, frage ich mich. Natürlich müsst Ihr mir das nicht beantworten, *maman*-Herzogin, denn ich denke, er muss zumindest leise gelacht haben und vielleicht in Eurer Gegenwart laut genug, dass ihm Tränen in die Augen stiegen. Ich wusste, dass Ihr dies gerne über Euren Sohn wissen würdet.

Ich muss zum Essen gehen. Wir werden es auf dem Dach einnehmen, da jetzt die Sonne untergegangen ist. Und weil es so heiß ist, werden wir ein Mitternachtsbad im Tauchbecken nehmen und dort im Wasser schweben und zu dem funkelnden Nachthimmel aufschauen. Unsere Zeit der Abwesenheit und unser Aufenthalt hier waren zauberhaft, aber wir freuen uns beide darauf, nach Hause zurückzukehren, zu Euch und Eurer Familie, um das nächste Kapitel unseres Lebens gemeinsam zu beginnen.

In Liebe,
Lisa
Lady Henri-Antoine Hesham,
Ich schreibe meinen Namen als Ehefrau mit solchem Staunen, Stolz und Freude.
xo

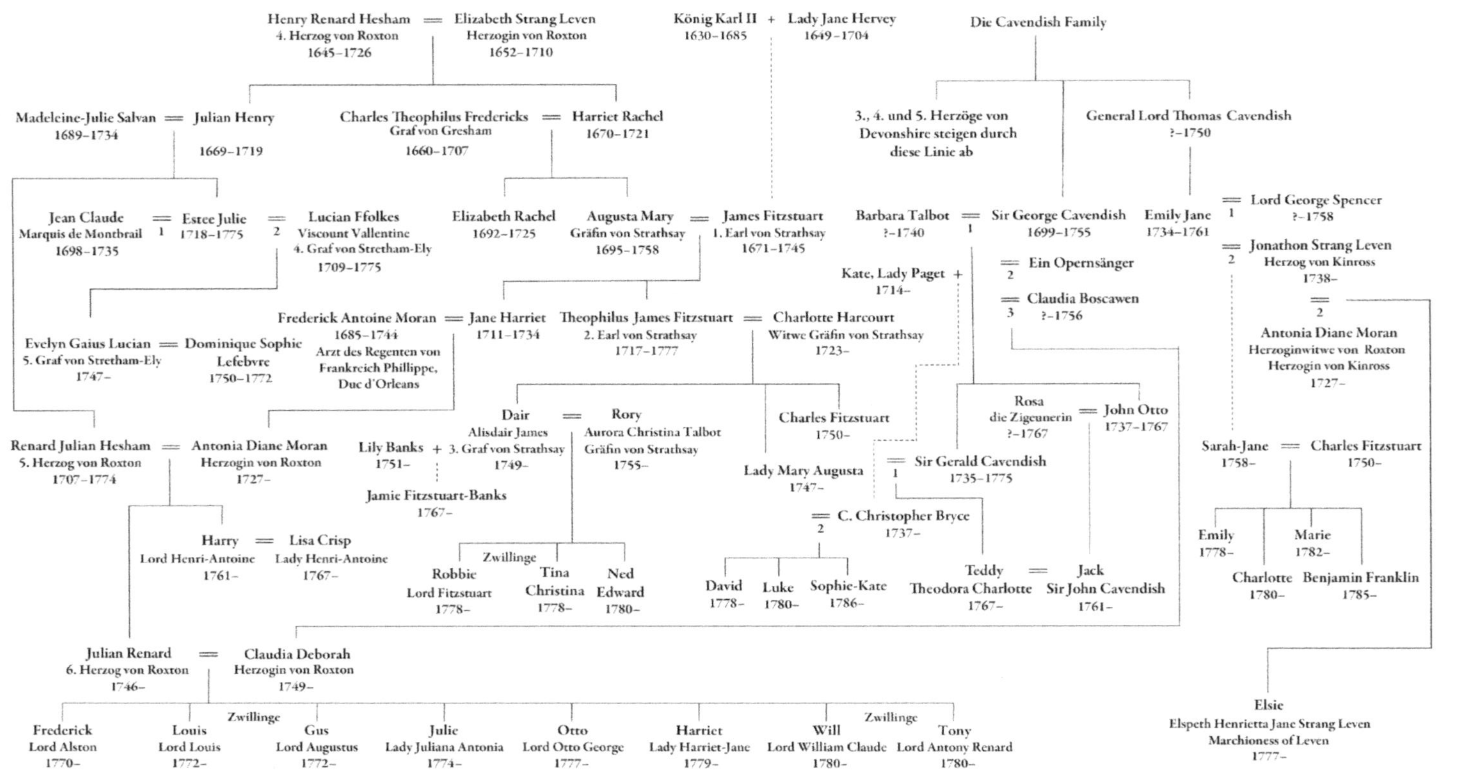

Die Cavendish Family

Henry Renard Hesham
4. Herzog von Roxton
1645–1726
==
Elizabeth Strang Leven
Herzogin von Roxton
1652–1710

König Karl II
1630–1685
+
Lady Jane Hervey
1649–1704

Madeleine-Julie Salvan
1689–1734
==
Julian Henry
1669–1719

Charles Theophilus Fredericks
Graf von Gresham
1660–1707
==
Harriet Rachel
1670–1721

3., 4. und 5. Herzöge von Devonshire steigen durch diese Linie ab

General Lord Thomas Cavendish
?–1750

Jean Claude
Marquis de Montbrail
1698–1735
1
==
Estée Julie
1718–1775
==
2
Lucian Ffolkes
Viscount Vallentine
4. Graf von Stretham-Ely
1709–1775

Elizabeth Rachel
1692–1725

Augusta Mary
Gräfin von Strathsay
1695–1758
==
James Fitzstuart
1. Earl von Strathsay
1671–1745

Barbara Talbot
?–1740
==
1
Sir George Cavendish
1699–1755

Emily Jane
1734–1761

Lord George Spencer
?–1758
1

Jonathon Strang Leven
Herzog von Kinross
1738–
2

Ein Opernsänger
2

Claudia Boscawen
3   ?–1756

Kate, Lady Paget +
1714–

Antonia Diane Moran
Herzoginwitwe von Roxton
Herzogin von Kinross
1727–
2

Evelyn Gaius Lucian
5. Graf von Stretham-Ely
1747–
==
Dominique Sophie
Lefebvre
1750–1772

Frederick Antoine Moran
1685–1744
Arzt des Regenten von Frankreich Phillippe,
Duc d'Orleans
==
Jane Harriet
1711–1734

Theophilus James Fitzstuart
2. Earl von Strathsay
1717–1777
==
Charlotte Harcourt
Witwe Gräfin von Strathsay
1723–

Rosa
die Zigeunerin
?–1767
==
John Otto
1737–1767

Renard Julian Hesham
5. Herzog von Roxton
1707–1774
==
Antonia Diane Moran
Herzogin von Roxton
1727–

Lily Banks
1751–
+
3. Graf von Strathsay

Dair
Alisdair James
1749–
==
Rory
Aurora Christina Talbot
Gräfin von Strathsay
1755–

Charles Fitzstuart
1750–

Charles Fitzstuart
1750–
==
Sarah-Jane
1758–

Sir Gerald Cavendish
1735–1775
1

Jamie Fitzstuart-Banks
1767–

Lady Mary Augusta
1747–
==
2
C. Christopher Bryce
1737–

Emily
1778–

Marie
1782–

Harry
Lord Henri-Antoine
1761–
==
Lisa Crisp
Lady Henri-Antoine
1767–

Zwillinge
Robbie
Lord Fitzstuart
1778–

Tina
Christina
1778–

Ned
Edward
1780–

David
1778–

Luke
1780–

Sophie-Kate
1786–

Teddy
Theodora Charlotte
1767–
==
Jack
Sir John Cavendish
1761–

Charlotte
1780–

Benjamin Franklin
1785–

Julian Renard
6. Herzog von Roxton
1746–
==
Claudia Deborah
Herzogin von Roxton
1749–

Frederick
Lord Alston
1770–

Zwillinge
Louis
Lord Louis
1772–

Gus
Lord Augustus
1772–

Julie
Lady Juliana Antonia
1774–

Otto
Lord Otto George
1777–

Harriet
Lady Harriet-Jane
1779–

Will
Lord William Claude
1780–

Zwillinge
Tony
Lord Antony Renard
1780–

Elsie
Elspeth Henrietta Jane Strang Leven
Marchioness of Leven
1777–

Erkunden Sie die Orte, Dinge und Geschichte im Zusammenhang mit *Herzlichst* auf Pinterest. *www.pinterest.com/lucindabrant*

facce della duchessa e di Martin Ellicott, fu il fatto che Vallen
aveva in braccio l'orgoglio e la gioia del duca e della duchessa. Il
duca, però non ne fu completamente sorpreso. Alzò l'occhialino per
fissare con un sorriso soddisfatto il suo miglior amico, dalla fibbia
delle scarpe fino alla parrucca incipriata. Avevano obbedito alla
lettera ai suoi ordini.

Dietro a sua signoria veniva una truppa di bambinaie e camerieri
che portavano l'armamentario di un bambino. E quando lord Vallentine attraversò la stanza, questa truppa andò nella sala da pranzo per
scaricare la culla di vimini, coperte, cuscini, abiti da bambino, bava-
glini e un assortimento di sonagli. Due delle bambinaie più esperte
rimasero indietro per fornire il loro aiuto con il bebè ducale durante
il pranzo, se e quando fosse stato necessario.

Lord Vallentine aveva fatto pochi passi sul tappeto quando
Antonia si affrettò ad andare da lui, in un fruscio di sete, piena di
sorrisi e tutti per il suo bambino, il cui faccino si aprì in un sorriso
vedendo il volto amatissimo di sua madre. Lei gli parlò con la voce
che usava esclusivamente per lui, facendogli il solletico sotto il mento
grassoccio, baciandogli il pugno e chiedendogli se avesse fatto il
bravo *pour ton oncle et parrain*.

A Vallentine sarebbe piaciuto consegnare il nipote, ma dato che
Antonia aveva ancora in mano la *flûte* di champagne e il duca si
era avvicinato ma non si era offerto di prendere suo figlio,
continuò a tenere in braccio il pargolo ducale, annunciando soddisfatto: «È stato abbeverato, lavato e infagottato. E per due volte
dato che era già stato lavato e vestito quando c'è stato un inci-
dente. Indossa il suo secondo miglior abitino. E che procedura!
Accidenti!» Alzò gli occhi al cielo e sbuffò. «Non ho mai saputo
che potesse uscire tanto da un esserino così piccolo, e a quella velo-
cità, oltretutto!»

«E adesso lo sai» lo prese in giro il duca.

«Mio povero bambino. Spero che adesso il tuo pancino si sia
sistemato» disse Antonia al suo pargoletto, prima di guardare sospet-
tosa suo cognato e suo marito. «Sono felice che abbiate passato del

tempo con nostro figlio, Lucian, ma perché stavate scoprendo queste cose proprio oggi?»

Quando mise in mano al duca il suo calice di champagne per prendere suo figlio, Vallentine glielo passò, dicendo in tono indifferente, senza rispondere alla sua domanda: «Ho ricevuto istruzioni di assicurarvi che la piccola signoria indossa la flanella e tripla imbottitura sotto il triangolo di lana, qualunque cosa significhi. Ma sono sicuro che voi lo sapete e che ne sarete felice. La bambinaia mi ha assicurato che sarebbe stato così».

Antonia strofinò il naso contro il bambino prima di sollevarlo sopra di lei con gli occhi spalancati e un grande sorriso, che lo fece squittire di gioia. «Significa che non avremo piccoli incidenti durante il nostro pasto e che il vestito di compleanno della sua mamma resterà asciutto.» Si appoggiò il figlio sul fianco e guardò Vallentine. «Ma continuo a non capire il vostro interesse per questi dettagli quando sono sicura che voi, come *Monseigneur*, preferiate lasciarli a quelli che, come dice *Monseigneur*, sono esperti.»

«Non dubito che il tempo passato da Vallentine nella nursery sia stato per molti versi istruttivo, *ma vie*» le rispose il duca, ancora con quel tono scherzoso che mise all'erta Antonia. «E che ora abbia un vivo apprezzamento per il regime che stiamo facendo del nostro meglio per mettere in atto, in modo che nostro figlio e noi stessi possiamo vivere un'esistenza più, ehm, armoniosa.»

«È così! Ho imparato una cosa o due riguardo gli infanti e più di quanto ho mai voluto sapere» rivelò Vallentine e fece una smorfia che fece ridere Antonia. Guardò di traverso l'amico. «E non devi ripetermelo. Ho recepito il tuo messaggio forte e chiaro come le campane della *Paroisse de Notre Dame*.» Afferrò il calice di champagne che gli offriva un onnipresente cameriere e bevve metà del liquido prima di aggiungere con un profondo sospiro, puntando il bicchiere verso il duca: «Mi ha dato la scusa perfetta per chiarire con Estée quale sarà il nostro, come l'hai chiamato, regime. Alle tre del mattino lascerò il prezioso frugoletto a quelli più esperti, te lo posso assicurare».

«Sono lieto di sentirlo» rispose il duca. «E spero che la tua visita alla nursery ti abbia fornito un migliore apprezzamento del bisogno di un sonno ininterrotto.»

Antonia capì all'improvviso e si avvicinò a Vallentine con un cipiglio. «Quindi siete stato voi a far agitare Julian nelle prime ore del mattino!»

«*Io*? Io a farlo agitare?» ripeté Vallentine con la voce acuta e incredula. «Stava ululando e svegliando tutta la casa molto prima che arrivassi alla nursery per rimettere a posto le cose.»

«Ma non le avete sistemate, vero, Lucian?» rispose Antonia. «E adesso capisco perché avete passato la mattina nella nursery, non perché lo volevate, ma perché *Monseigneur* vi ha spedito lì come penitenza. Ma non importa, *mon petit homme chéri*» disse coccolando il bambino. «Meno male che hai due padrini perché so che l'altro tiene sinceramente a te…»

«Ehi! Non è giusto» borbottò Vallentine.

«È troppo tardi per fingere interesse per mio figlio» lo interruppe scherzosamente Antonia, e si voltò quando la porta della sala da pranzo fu spalancata da due camerieri e il maggiordomo entrò per annunciare che il pranzo era servito.

Antonia diede un'occhiata circolare alla stanza piena di fiori e restò a bocca aperta. C'erano vasi di fiori colorati lungo le pareti, come nel salotto, ma ciò che le fece spalancare gli occhi fu il tavolo da pranzo decorato con argenti, cristallo e porcellane e delicati fiori di pasta di zucchero in cestini intrecciati. E tutto sotto un tripudio di luce per le tante candele, con un servitore in livrea dietro a ogni sedia e le bambinaie accanto alla culla. Si voltò verso il duca, sorridendo con gli occhi pieni di lacrime.

«Oh, Renard! È *perfetto*! *Questo* è il mio più bel compleanno!» E a suo figlio sussurrò all'orecchio. «E tu, *mon ange*, hai il migliore papà al mondo.»

DICIOTTO

«Ti sei creato da solo un problema per il futuro, lo sai, vero?» disse scherzosamente Vallentine al duca mentre seguivano Antonia nella sontuosa sala da pranzo. «L'anno prossimo *Madame la Duchesse* si aspetterà qualcosa di ancora più elaborato per l'occasione, con ancora più fiori e bagatelle e chissà che altro! Ah! Ah!»

«Stai insinuando che sono incapace di regalare la felicità a mia moglie, Lucian?» disse Roxton, lieto che le sue istruzioni fossero state seguite alla lettera e che Antonia fosse rimasta adeguatamente sorpresa e felice.

Lord Vallentine era troppo stanco per curarsi se l'amico fosse o meno insolente, anche se immaginava lo fosse. Alzò una mano. «Accidenti! Non cominciare anche tu. Ho avuto una mattina terribile, grazie a te. Istruttiva ma orrenda e ciò di cui ho bisogno è un bicchiere del tuo migliore chiaretto e...»

Trasalì e poi si fermò di colpo prima di arrivare alla sua sedia.

Il duca prese posto a capotavola. Antonia era seduta dall'altra parte e aveva sistemato il figlio nella culla, assistita dalle bambinaie. Il pargolo ducale era sostenuto da cuscini in modo che fosse comodo e sicuro e potesse vedere bene ciò che succedeva, in particolare sua madre, dato che la culla era a portata di mano. Gli diedero un sonaglio che afferrò e agitò, facendo tintinnare le piccole campanelle d'argento e gorgogliando felice quando sentì il suono.

Ma era il quarto commensale che fece incollare le scarpe di lord Vallentine al parquet. Martin Ellicott seguì il cenno del duca e si sedette alla sua sinistra, direttamente di fronte alla sedia che doveva essere occupata da lord Vallentine. Era una disposizione intima, con i commensali molto vicini in modo che la conversazione fosse generale. Si poteva passare la moltitudine di portate senza bisogno che i camerieri interferissero, anche se avrebbero dovuto andare e venire con i piatti perché non si poteva servire tutto contemporaneamente, com'era la norma, perché il tavolo era stato rimpicciolito.

La presenza di Martin Ellicott di fianco al duca nel salotto non era niente di notevole. Dopotutto, il valletto a volte appariva al fianco del duca in certe occasioni, e rilevare la presenza di un servitore non era cosa da fare, a meno che fosse necessario farlo. Quindi non aveva fatto caso alla presenza di Ellicott. Il duca aveva ovviamente le sue ragioni per avere il valletto vicino e non erano affari suoi. Ma adesso, mentre si spostavano nella sala da pranzo, il valletto li aveva seguiti e non solo si era seduto al tavolo, nella sedia che sarebbe stata occupata dalla moglie di sua signoria se fosse stata lì, ma un servitore gli stava riempiendo il bicchiere e posando il tovagliolo in grembo, come se avesse tutti i diritti di sedersi alla tavola del suo padrone.

Lord Vallentine non riusciva a capire e decise che gli stavano facendo uno scherzo. Si affrettò ad andare al suo posto, si sedette, tirando il tovagliolo sulle ginocchia prima di appoggiare i gomiti sul tavolo e prendere il suo bicchiere, che ora era pieno di chiaretto. Alzò il mento e diede un'occhiata di sottecchi a Martin Ellicott prima di chiedere al duca: «Va bene, ho accettato la mia punizione per non aver seguito il consiglio esperto delle tue bambinaie e averti imposto un pargolo ululante alle tre del mattino, ma adesso sono perplesso. Qual è lo scherzo?»

«Scusa, Lucian. Scherzo?»

Vallentine spalancò gli occhi e mosse la testa nella direzione di Martin Ellicott che si era voltato per rispondere a qualcosa che aveva detto la duchessa, ora che si era seduta a tavola. «Questo» sussurrò un po' troppo forte. «Quello è il posto di Estée. E c'è seduto tu-sai-chi.»

«È così. Quando c'è mia sorella. Ma non c'è. E quando ci sarà le sedie saranno risistemate di conseguenza.»

«Sai che non è quello che intendevo dire!» strepitò sua signoria sibilando. Si mise eretto e schioccò la lingua. «Va bene. Come vuoi. Accidenti. Collaborerò, perché sospetto che non sia stata tua l'idea e quindi non sei tu da biasimare. Dopotutto è il suo compleanno.»

«Non c'è nessuno da biasimare, Vallentine» lo interruppe Antonia.

Aveva sentito e capì immediatamente che qualcosa non andava bene a tavola quando Martin abbassò la testa fissando il piatto. Aveva sentito anche lui. Guardò il duca e quando lui le sorrise incoraggiante, gli restituì il sorriso e continuò: «Ai festeggiamenti per il mio compleanno partecipano gli uomini più imporranti per me. Se *Madame* fosse stata abbastanza bene da partecipare, il pranzo sarebbe stato perfetto. Ma ci sono tutti gli uomini. Mio marito, mio figlio, mio cognato e zio di mio figlio, e i padrini di mio figlio, che sono anche i nostri amici più cari».

Si voltò verso Martin e disse dolcemente: «Non credo che siate stato presentato formalmente a sua signoria, Martin. Lord Vallentine è il migliore amico di *Monsieur le Duc* ed è il marito di mia cognata, la sorella di *Monseigneur*. È anche lo zio di mio figlio e il suo padrino, come voi. È il più grande spadaccino di Francia e Inghilterra, quindi è molto coraggioso e impavido. E, Lucian» continuò, voltandosi per rivolgersi a lord Vallentine: «Vorrei presentarvi *Monsieur* Ellicott, un gentiluomo di mezzi, che è anche il padrino di mio figlio e un grande amico di *Monsieur le Duc*. Si conoscono fin da quando erano ragazzi.» Guardò Martin, con le lacrime agli occhi. «Martin ha salvato la mia vita e quella di mio figlio e anche lui è coraggioso e impavido. In quello avete molto in comune... È mio desiderio, e anche quello di *Monseigneur*, che diventiate buoni amici.»

Ci fu qualche secondo di silenzio e poi Martin spinse indietro la sedia e si alzò in piedi. Si inchinò a Vallentine, non era tuttavia l'inchino di un sottoposto, ma dettato dalla buona educazione, come quando due estranei, allo stesso livello sociale, si salutano per strada. E poi lord Vallentine mise da parte il tovagliolo e si alzò in piedi. Guardò direttamente Martin e poi anche lui si inchinò allo stesso modo, come un uomo che incontra un estraneo che ritiene un suo pari. Fece poi qualcosa di più che cementò l'affetto dei suoi ospiti e mise tutti a loro agio. Tese la mano sopra il tavolo.

«Onorato di fare la vostra conoscenza, *Monsieur*.»

«L'onore è tutto mio, milord» rispose Martin.

Si strinsero la mano, si sedettero di nuovo e si appoggiarono il tovagliolo in grembo.

Antonia non avrebbe potuto desiderare un esito migliore per rendere ancora più speciale il suo compleanno. Ma poi il duca la sorprese. Fece un cenno a un cameriere che si avvicinò e pose davanti alla duchessa un vassoio d'argento con parecchi pacchetti legati con nastri di colore diverso. Antonia fissò il duca.

«Per me? Ma avete già soddisfatto il mio desiderio di compleanno, *Monseigneur*!»

«E di chi altro è il compleanno oggi, *aye*?» dichiarò lord Vallentine, sbuffando, prima di chinarsi in avanti e indicare il vassoio d'argento. «E non scuoteteli come avete fatto l'anno scorso! Adesso siete una duchessa e dovete dimostrare un certo decoro...»

«E da duchessa posso dirvi, Vallentine, di smettere di pensare come un vecchio bacucco, come fate sempre!» Antonia prese uno dei pacchetti e lo mostrò a suo figlio. «Che cosa pensi ci sia in questo pacchetto per la tua *maman*, Juju?»

«Non ve lo può dire!» esclamò lord Vallentine, continuando a sbuffare.

Antonia ignorò lord Vallentine e disse al duca: «Forse potremmo mangiare prima e aprirò i pacchetti col caffè e la torta.»

«Se è quello che volete.»

«No! Non quest'anno!» dichiarò testardamente lord Vallentine. «Niente da fare. Inoltre c'è un regalo in particolare che conosco e quindi forse possiamo cominciare con quello.»

«Per quanto mi piacerebbe dire che sto solo appagando l'impazienza di Lucian» disse il duca, «ammetto che voglio soddisfare anche la mia. Fareste a tutti noi la gentilezza di guardare il camino alle vostre spalle, *mignonne*?»

Antonia fece quello che le chiedeva e ciò che vide le fece portare le mani alle guance.

I servitori avevano attentamente rimosso i vasi di fiori, il paravento e un grande telo per mostrare la più magnifica delle portantine. Tutte le quattro fiancate di questo mezzo di trasporto personale erano dipinte con brillanti scene pastorali su un fondo d'oro ed erano lucide grazie ai tanti strati di *vernis Martin*. I tre finestrini erano bordati di legno dorato intagliato in foglie d'acanto e mazzi di fiori, e sul pannello della porta e sul retro c'era lo stemma ducale dei Roxton. E tutto sotto un soffitto a cupola di pannelli di cuoio nero stirato con borchie d'ottone che avevano all'apice la coroncina ducale in legno dorato.

Guardò il duca. «È mia?»

«Non potevo permettere che la mia duchessa venisse trasportata per Versailles in niente di meno che nella sua portantina.»

«Ho visto le grandi dame portate per i corridoi del palazzo e fuori nei giardini nelle loro belle portantine, ma non mi ero mai aspettata di averne una proprio mia. E questa, *est magnifique*.»

«Come dovrebbe essere quella della duchessa di Roxton.» Quando Antonia esitò, il duca sorrise. «Per favore, dovete guardarla da vicino. L'appetito di Vallentine può aspettare.»

Antonia si fiondò verso il camino e saltellò intorno alla portantina, ispezionando i quattro lati. Sbirciò attraverso i finestrini e poi aprì la porta. E quando infilò la testa scoprì un interno opulento.

C'era una panca con i braccioli, il tutto imbottito e rivestito di velluto di lana a motivi floreali. Le pareti e il soffitto erano rivestiti in modo simile, mentre le tendine delle tre finestre erano di damasco di seta dorata. Accanto alla panca imbottita, sotto la finestra di destra e in una nicchia, c'era un piccolo orologio d'oro da carrozza. E a sinistra una tasca per tutto il necessario, come un ventaglio, il suo libro di preghiere e uno specchietto.

La portantina era un superbo pezzo di artigianato che non aveva eguali. Eppure, ciò che avrebbe attirato l'attenzione e fatto girare la testa al passaggio di questa elegante portantina, erano i due uomini muscolosi nelle loro livree. Erano in piedi, come sentinelle, da un lato del camino, con un'imbracatura di cuoio e ottone sulle larghe spalle, nelle mani guantate lunghi pali lucidi e verniciati che, una volta infilati nelle opportune staffe della portantina, venivano usati per sollevarla tra di loro per portare la sua occupante dovunque desiderasse andare.

Antonia non riuscì a resistere, raccolse le sottogonne di seta, salì sulla portantina e chiuse la porta. Si sedete sulla panca imbottita e si guardò attorno estasiata. Poi abbassò il vetro e guardò fuori, sorridendo di felicità.

«C'è abbastanza spazio per tenere Julian in grembo in modo che guardi fuori.»

«Se avete intenzione di portare il pargolo ducale con voi, allora è un peccato che non ci sia abbastanza spazio anche per una delle bambinaie» le fece notare ridendo lord Vallentine. «Io non uscirei di casa senza una di loro, preferibilmente due.»

«Quel tipo di veicolo si chiama carrozza Lucian» disse il duca e indicò ai due portantini di uscire. Poi chiese ad Antonia, in tono differente. «Dobbiamo cominciare senza di voi, *ma belle*?»

«Oh, sì! Sono troppo eccitata e felice per mangiare» annunciò Antonia dal finestrino della sua portantina e passò ancora qualche minuto ispezionando l'opulento interno.

«Mi sembra che quei due riuscirebbero a sollevare una carrozza» fece notare Vallentine, osservando i due portantini che uscivano, portando i pali con loro. Aggiunse sottovoce al duca: «Buono a sapersi che sarà ben protetta quando esce senza di te.»

«Hanno i loro ordini e la mia benedizione per fare tutto ciò che è necessario.»

«Pensate… Scusate, Vostra Grazia» disse Martin in inglese e parlando anche lui sottovoce, seguì il loro esempio, facendo del suo meglio per controllare la sua preoccupazione. «Non ci sono certamente pericoli imminenti…»

«Se intendete da mio cugino che risiede a Limoges, no, ma…»

«Non si può mai essere abbastanza attenti! Accidenti!» li interruppe Vallentine, digrignando i denti. «E finché quel verme non sarà freddo sotto terra con i suoi compagni vermi, dovremo restare vigili.»

«Certamente, milord» confermò Martin. «Farò…»

«Parleremo dopo» sibilò lord Vallentine, afferrando il piatto coperto più vicino e fingendo di interessarsi al suo contenuto, poiché Antonia era emersa dalla sua portantina e stava richiudendo la portiera. Corse dal duca, che aveva appoggiato la forchetta e il coltello d'argento. «Grazie!» disse, baciandogli la guancia. «Siete troppo buono con me, sempre. Mi viziate.»

«È una mia prerogativa viziarvi. E mi fa piacere regalarvi queste cosucce, *ma fée*, esattamente quanto fa piacere a voi riceverle. Quindi il piacere è anche mio. Lo capite, vero?» Quando lei annuì, le strinse le dita e disse dolcemente. «Forse dovreste mangiare anche voi?»

«Sì, e aprirò i pacchettini mentre lo faccio.»

E mentre i gentiluomini si passavano i piatti, cominciando con quattro tipi di zuppa e passando a riempire i piatti con una varietà di carni arrosto e prelibatezze di verdura, Antonia si godette una ciotola di crema di zuppa di pollo e poi assaggiò alcune delle varie portate. E tra una portata e l'altra aprì i regali dando al figlio la carta e i nastri per farlo giocare. Quando apriva ciascun pacchetto, mostrava felice il contenuto al suo bambino prima di condividerlo con il resto dei commensali.

Madame e Vallentine le avevano regalato una bomboniera di porcellana dipinta a forma di whippet raggomitolato e dormiente.

Una fine catena d'oro attaccata al coperchio incernierato finiva in un fermaglio che permetteva alla bomboniera di essere agganciata al *nécessaire* di Antonia. Antonia lanciò a Vallentine un bacio per ringraziarlo e lui reagì agitando la forchetta.

Il secondo pacchetto conteneva un segnalibro di seta e velluto. Era ricamato con un delicato mazzolino di fiori per tutta la sua lunghezza e finiva con una frangia. Al centro c'erano le iniziale intrecciate, A e R, a punti finissimi in una cornice ovale. C'era un biglietto nella scatola che diceva semplicemente "da M. E.".

«Grazie, Martin. Ne farò tesoro e lo userò tutti i giorni. È ancora più speciale perché lo avete fatto voi, vero?»

«Sì, *Madame la Duchesse*.» Sorrise timidamente. «Penso che abbiate scoperto il mio passatempo durante la traversata verso l'Inghilterra.»

«E poi mi sono fatta spiegare tutto. È un maestro nel ricamo, *Monseigneur*» dichiarò orgogliosamente e passò il segnalibro nella sua scatola a Martin perché lo mostrasse al duca. «Gliel'ha insegnato sua madre.»

«Credeva fermamente che per eccellere nella professione da me scelta si dovesse essere esperti in molti campi, tra cui il cucito» spiegò Martin passando la scatola al duca. «Il ricamo era semplicemente un'estensione di quella capacità e una cosa che mi piace fare nel tempo libero.»

«Veramente notevole» si complimentò il duca, esaminando il lavoro con l'occhialino. «Vedo che avrete un'occupazione la sera, se non avrete voglia di giocare a carte o se la conversazione o l'intrattenimento saranno scialbi.»

«Mai scialbi, Vostra Grazia.»

«Forse avrete più successo di mia moglie nel persuadere la duchessa a imparare a usare un telaio da ricamo» commentò Vallentine, sapendo di stuzzicare Antonia, con un occhio distratto ai camerieri che andavano e venivano, sostituendo i piatti vuoti con le nuove portate.

«Ma perché dovrei imparare a usare un telaio quando adesso

abbiamo due esperti ricamatori in famiglia? E non ditemi che ho bisogno di saperne usare uno per quando *Monsieur le Duc* e io avremo una figlia, perché adesso posso chiedere a Martin o a *Madame* di insegnarle come diventare un'esperta con l'ago. Il problema è risolto.»

«Sarebbe un onore, *Madame la Duchesse*» dichiarò Martin.

«Adesso non prendete anche voi le sue parti contro di me!» si lamentò bonariamente lord Vallentine mentre allungava la mano verso un piatto coperto. «Sono già in svantaggio così com'è, con Roxton e mia moglie che si rifiutano di schierarsi. E con lei non riesco mai a vincere, sapete. Trova sempre il modo di rigirare le mie parole…»

«Il fatto che non si schierino non significa che siano dalla mia parte, Lucian» lo interruppe Antonia, facendo sedere in grembo il suo bambino, sul cuscino che le aveva sistemato la bambinaia. Guardò il duca attraverso il tavolo con un sorriso malizioso, prima di dire a Vallentine: «Significa solo che non sono dalla vostra».

«Visto che cosa intendevo?» borbottò Vallentine rivolto a Martin. Alzò la campana da un piatto e gli brillarono gli occhi quando trovò *truite aux amandes et sauce à l'ail*. Ne ammucchiò una bella porzione sul proprio piatto e poi offrì il vassoio a Martin. «Provate questo» lo invitò, lanciando un'occhiata ad Antonia. Ma dato che sembrava occupata con il suo bambino, aggiunse confidenzialmente, ammiccando, «La salsa all'aglio è deliziosa con la trota alle mandorle, ma non è una cosa che posso mangiare quando in giro c'è la signora moglie.»

«Forse perché è piena di mandorle e, proprio come le *Nougat de Montélimar*, un'altra cosa che non dovreste mangiare, vi fa gonfiare la pancia» dichiarò tranquillamente Antonia, mentre prendeva il terzo regalo e il biglietto che l'accompagnava. Ma risatine ovattate e un farfugliamento le fecero alzare gli occhi e scoprire lord Vallentine che scuoteva la testa e borbottava in modo incoerente mentre il duca e Martin si premevano il tovagliolo sulla bocca. «Ma Lucian, devono essere le mandorle, *n'est-ce-pas*? Quindi non capisco perché continuate a mangiarle.» Perplessa, guardò il duca per averne conferma. «Se le mangia, le mandorle gli procurano aria nella pancia. *Madame* se ne lamenta e dice che Lucian insiste a mangiarle, anche se non vanno d'accordo con lui. C'è qualcosa di sbagliato nel mio avvertimento, *Monseigneur*?»

Il duca tolse il tovagliolo dalla bocca e cercò di assumere un'espressione di educata preoccupazione. «Non credo che Lucian non sappia del problema, *ma vie*. Ma per lui è imbarazzante che parliate di questa, ehm, sfortunata condizione in modo così *diretto*.»

Antonia alzò una mano, sconcertata. «Ma *Madame* lo fa sempre, e a tavola. E se Lucian non l'avesse menzionato proprio adesso, non l'avrei fatto nemmeno io.»

«Non ne ho parlato… Oh, d'accordo. Accidenti!» ammise Vallentine quando Antonia spalancò gli occhi. «Vi ho alluso, ma non l'ho detto» aggiungendo poi con un borbottio imbarazzato: «Estée può anche avvertirmi a tavola, ma non lo farebbe quando c'è altra gente».

«Ma non c'è altra gente qui, Lucian» dichiarò fermamente Antonia. Baciò la sommità della cuffietta bianca di suo figlio prima di sorridere al duca, aggiungendo dolcemente: «Qui c'è solo la famiglia».

«Se Sua Maestà può sopportare che tutte le sue funzioni corporali siano riferite al mondo, Lucian, allora puoi sopportare di avere una moglie e una sorella che si preoccupano per la tua salute» gli fece notare il duca, prendendo il bicchiere di vino e ammiccando alla duchessa. «Considerarlo in qualunque altro modo significherebbe lamentarsi di quello che non è niente più di uno sbuffo… ehm, visto che stavamo parlando in modo schietto… di aria calda.» E per cambiare argomento e poiché era curioso riguardo al regalo di *Madame de Chavigny* che il cavaliere Montbelliard era stato così insistente nel voler consegnare di persona ad Antonia, chiese: «Quello è il regalo di *tante Victoire, ma belle*?»

Lei annuì e alzò gli occhi, distratta dal biglietto trovato nell'involucro. «Tre graziosi fazzoletti bordati di pizzo, ricamati con le mie iniziali.»

«Fazzoletti? Nostro figlio approva di sicuro» rispose il duca con un sorriso, osservando suo figlio che faceva il tiro alla fune con uno dei fazzoletti che teneva con entrambi i pugni. «Vorresti condividere i suoi auguri di buon compleanno?» chiese fingendo indifferenza, sorseggiando il vino.

Antonia non esitò a riferire il contenuto del biglietto.

«È curioso che non sia la sua grafia, ma forse l'ha fatto scrivere alla sua cameriera personale perché l'artrite è veramente terribile in questo periodo dell'anno. Mi augura un felicissimo giorno con voi e nostro figlio ed è ansiosa di vederci, in particolar modo per vedere quanto è cresciuto Julian.»

Quando Antonia ripiegò il biglietto e lo rimise nella scatola con due dei fazzoletti e poi la mise fuori dalla portata del bambino, il duca insistette con le sue domande, sapendo che ci doveva essere di più nel biglietto di quanto aveva rivelato Antonia, che probabilmente voleva proteggerlo dalle conseguenze.

«Ha menzionato quando possiamo aspettarla? Mi ha assicurato che sarebbe arrivata con abbastanza anticipo prima della vostra presentazione a corte.»

Antonia lo guardò negli occhi scuri e disse, con un piccolo sospiro rassegnato: «Non so perché cerco di nascondervi le cose, perché tanto le sapete lo stesso! E dato che adesso lo avete chiesto ve lo dirò. Ma non volevo rovinarvi la giornata perché so che non sarete contento di lei. *Tante Victoire* dice che non è colpa sua, ma che per evitare dispute familiari, adesso non potrà stare con noi.»

Il duca fece un sorriso sghembo. «*Tante Victoire* si è sempre fatta persuadere facilmente.»

«Persuadere?» sbuffò Vallentine. «Potreste soffiare su quella vecchia zia e le sue opinioni finirebbero immediatamente dall'altra parte.»

«Sarà meglio che leggiate direttamente le sue scuse» disse Antonia mentre passava il biglietto di *Madame De Chavigny* a Martin perché lo desse al duca.

Roxton usò l'occhialino per leggere il biglietto e, mentre lo faceva, gli altri commensali finirono quello che avevano nel piatto e bevvero quello che restava del vino. Ma Antonia vedeva che il duca era tutt'altro che contento e che stava facendo del suo meglio per non mostrarlo, quindi disse allegramente, per rompere il silenzio: «Con qualunque parente *Tante Victoire* scelga di restare, sorella o nipote, mi darà l'occasione perfetta di andare a trovarle con la mia nuova portantina, *oui?*»

E con quello il duca permise alla tempesta del suo malcontento con i parenti Salvan di passare. Si sarebbe occupato di loro il giorno dopo. Alzò il bicchiere e restituì il sorriso ad Antonia. «Certamente, *ma belle.*»

«Da quello che posso capire, *Tante Victoire* ha fatto delle scelte sbagliate a suo tempo, ma incorrere nel vostro dispiacere sarà il massimo delle scelte sbagliate!» ridacchiò Vallentine, mentre mangiucchiava un'ala di pernice ricoperta di salsa all'aglio. Puntò l'ossicino verso il duca. «Se fossi il tipo che scommette, direi che il fatto che abbiate bisogno di lei per questa presentazione l'ha in qualche modo incoraggiata a comportarsi in modo avventato, nel tentativo di fare qualcosa.»

«Come sei perspicace, Lucian. Potresti avere ragione, oppure sua sorella e la nipote stanno usando la disputa per legarmi le mani perché vogliono qualcosa da *me.*»

«Ma se vogliono qualcosa da voi, *Monseigneur*» obiettò Antonia, «perché non lo dicono chiaramente e non ve lo chiedono? E a quel punto conoscerebbero la vostra risposta.»

«Hanno paura» dichiarò Vallentine, «della risposta di vostro marito.»

«È ridicolo!» dichiarò impetuosamente Antonia. «Che cosa c'è da avere paura, quando la risposta di *Monseigneur* sarà sempre quella giusta?»

Il duca inclinò la testa con un sorriso. «Grazie, *ma vie.*» Ripiegò il biglietto e lo diede a Martin perché lo restituisse ad Antonia, che lo rimise nella scatola con i fazzoletti. E a lord Vallentine disse enigmaticamente: «Quando penserai alla domanda troverai la risposta, Lucian».

Sua signoria non aveva idea di che cosa intendesse dire il suo amico, ma aveva la netta impressione che avesse a che fare con le donne Salvan che cercavano di sostenere la causa del cavaliere Montbelliard. Quindi lasciò perdere ulteriori domande sulla faccenda, tranne una. «Allora, quale sciocca sorella e quale scervellata nipote sceglierà *Tante Victoire* per il suo soggiorno a Versailles? Perché ce ne sono almeno mezza dozzina di entrambe.»

«*Tante Philippe* sta, ehm, *discutendo* con sua nuora Marie-Luise, la duchessa di Touraine...»

«*Cosa*? Philippe *la pieuse*?» sbottò lord Vallentine. Fece una faccia disgustata. «E Touraine *la terreur*? Una nursery piena di marmocchi puzzolenti e urlanti è preferibile a un'ora in compagnia di una qualunque di quelle lugubri dame. E lo so bene! Sono andato due volte con Estée a visitare *Tante Victoire*. C'erano entrambe, *Tante Philippe* e *Madame* Touraine e stavano tutte discutendo! Non chiedetemi di che cosa, accidenti, ma Estée si è unita subito alla mischia. Io me ne sono andato ad ammirare le aiuole.»

«Sei andato due volte?» disse il duca con le labbra che tremavano, inarcando le sopracciglia. «Non sapevo che corteggiare mia sorella fosse stata una tale prova per te.»

«Una prova?» Vallentine sbuffò. «Non ne hai idea.» Sporse le labbra e scosse la testa. «Preferirei finire in un fosso che stare con quella gente!»

Risero tutti al tavolo e poi Antonia ansimò e fissò Vallentine come se fosse oltremodo sbalordita.

«Oh no, no!» si lamentò sua signoria. «Non potete rimproverarmi per aver detto quello che *tutti* noi pensiamo di *Tante Philippe* e *Madame* Touraine...»

«No! No! Non mi interessa minimamente quello che dite di *loro*.

È tutto vero. No. Ciò che voglio, Lucian, è che rifacciate quello che avete appena fatto. *S'il vous plaît.*»

Sua signoria la guardò perplesso. «Fare che…»

«Quello strano rumore che avete fatto con le labbra.»

«Ma perché dovreste…»

«Renard! Avete visto?» chiese Antonia, con gli occhi che brillavano di eccitazione. «Avete sentito?»

Il duca non aveva sentito, ma aveva la sensazione che il suo entusiasmo avesse tutto a che vedere con il loro bambino, che aveva girato la testa al suono della voce della madre e la stava guardando. «Lucian, per favore, accontenta la duchessa.»

«Va bene. Ma tutto quello che ho fatto è stato sporgere le labbra e soffiare, così.»

Vallentine lo rifece e stava per chiedere perché dovevano abbassarsi a fare le buffonate dei folli quando anche lui trasalì a un rumore insolito. Fissò prima Antonia, poi il duca e finalmente Martin. Lo avevano sentito anche tutti gli altri, perché restarono per un attimo attoniti.

La piccola signoria, Julian Renard Hesham, marchese di Alston ed erede del ducato di Roxton, aveva rimarcato un altro epocale momento del suo sviluppo producendo la sua prima risatina. Stava guardando sua madre, ma appena lord Vallentine aveva soffiato di nuovo sporgendo le labbra, aveva girato la testa per osservare la fonte dell'insolito rumore. Lord Vallentine ripeté il gesto per la terza volta, come per assicurarsi, con il resto dei commensali, che fosse quella l'origine delle risatine della piccola signoria, ed effettivamente, il pargolo ducale aveva cominciato a ridere e continuò a farlo. Era un gorgogliamento di felicità così contagioso che fece sorridere tutti.

Ciononostante, quando ci ripensò più tardi quella notte, mentre si preparava per andare a letto, Vallentine si chiese, non per la prima volta, se molte di quelle risatine non fossero solo la reazione alla nuova capacità di suo nipote di ridere, ma fossero rivolte a lui, dato che assecondando Antonia per farle sentire le risatine di suo figlio, al suo repertorio di sbuffi aveva aggiunto le smorfie.

Lo meravigliava fin dove erano disposti ad arrivare gli adulti per divertire i molto piccoli.

Ma alla fine non contava, tutti si erano goduti immensamente il pranzo di compleanno della duchessa. Anche se rimpiangeva di essere stato testardo e non aver ascoltato i suoi consigli. Avrebbe voluto avere la forza d'animo di rinunciare alla trota alle mandorle perché aveva passato la notte sentendosi gonfio, con la nausea. Capiva meglio le fitte di dolore al pancino del nipote. Comunque… Non l'avrebbe mai ammesso ad Antonia. E avrebbe ceduto ancora. Ma non il giorno dopo o quello dopo ancora. Forse avrebbe rinunciato alle mandorle e al *Nougat de Montélimar* per un mese. E, dopo aver preso quella decisione, Vallentine fu finalmente in grado di scivolare nel sonno, sperando di riuscire a dormire fino a tardi la mattina. Sapeva che i suoi giorni di sonno ininterrotto erano contati, aveva cinque mesi e contava ogni giorno prima dell'arrivo del suo pargolo. Non vedeva l'ora!

Fine, per ora…

DIETRO LE QUINTE

Andate dietro le quinte di serie *I Roxton, i primi anni* esplorate i posti, gli oggetti e la storia del periodo su Pinterest.
www.pinterest.com.au/lucindabrant/roxton-foundation-series.

La storia continua in *Il suo duca*

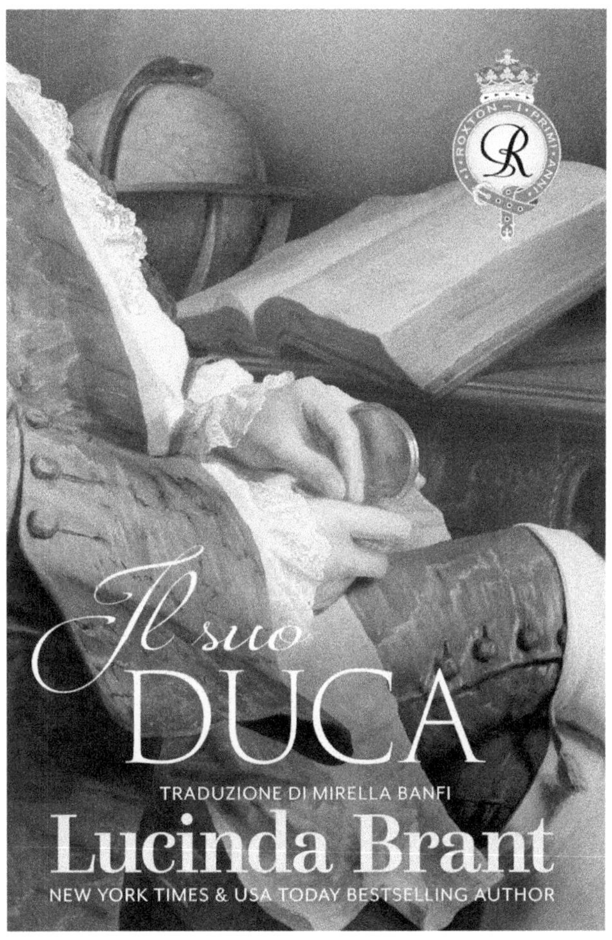

www.ingramcontent.com/pod-product-compliance
Lightning Source LLC
Chambersburg PA
CBHW051108300726
48981CB00001B/43